国际大奖小说
奥地利青少年文学奖

动物大逃亡

Der Tiergarten Reisst Aus

[奥] 米拉·洛贝 / 著

郑高凤 / 译

天津出版传媒集团
新蕾出版社

图书在版编目 (CIP) 数据

动物大逃亡/(奥)洛贝著;郑高凤译.
—天津:新蕾出版社,2011.4(2025.5 重印)
(国际大奖小说)
ISBN 978-7-5307-5072-8

Ⅰ.①动…
Ⅱ.①洛…②郑…
Ⅲ.①儿童文学-中篇小说-奥地利-现代
Ⅳ.①I521.84

中国版本图书馆 CIP 数据核字(2011)第 034166 号
ⓒ Copyright 1995 by Verlag Jungbrunnen Wien München
ALL RIGHTS RESERVED
津图登字:02-2007-119

出版发行	:新蕾出版社
	http://www.newbuds.com.cn
地　　址	:天津市和平区西康路 35 号(300051)
出 版 人	:马玉秀
电　　话	:总编办 (022)23332422
	发行部 (022)23332351　23332677
传　　真	:(022)23332422
经　　销	:全国新华书店
印　　刷	:天津新华印务有限公司
开　　本	:880mm×1230mm　1/32
字　　数	:50 千字
印　　数	:277 001—282 000
印　　张	:4.5
版　　次	:2011 年 4 月第 1 版　2025 年 5 月第 32 次印刷
定　　价	:26.00 元

著作权所有,请勿擅用本书制作各类出版物,违者必究。
如发现印、装质量问题,影响阅读,请与本社发行部联系调换。
地址:天津市和平区西康路 35 号
电话:(022)23332677　邮编:300051

前言

一辈子的书

梅子涵

亲近文学

一个希望优秀的人，是应该亲近文学的。亲近文学的方式当然就是阅读。阅读那些经典和杰作，在故事和语言间得到和世俗不一样的气息，优雅的心情和感觉在这同时也就滋生出来；还有很多的智慧和见解，是你在受教育的课堂上和别的书里难以如此生动和有趣地看见的。慢慢地，慢慢地，这阅读就使你有了格调，有了不平庸的眼睛。其实谁不知道，十有八九你是不可能成为一个文学家的，而是当了电脑工程师、建筑设计师……可是亲近文学怎么就是为了要成为文学家，成为一个写小说的人呢？文学是抚摸所有人的灵魂的，如果真有一种叫作"灵魂"的东西的话。文学是这样的一盏灯，只要你亲近过它，那么不管你是在怎样的境遇里，每天从事怎样的职业和怎样地操持,是设计房子还是打制家具,它都会无声无息地照亮你,使你可能为一个城市、一个家庭的房间又添置了经典,添置了可以供世代的人去欣赏和享受的美,而不是才过了几年,人们已经在说,哎哟,好难看哟!

谁会不想要这样的一盏灯呢?

阅读优秀

文学是很丰富的,各种各样。但是它又的确分成优秀和平庸。我们哪怕可以活上三百岁,有很充裕的时间,还是有理由只阅读优秀的,而拒绝平庸的。所以一代一代年长的人总是劝说年轻的人:"阅读经典!"这是他们的前人告诉他们的,他们也有了深切的体会,所以再来告诉他们的后代。

这是人类的生命关怀。

美国诗人惠特曼有一首诗:《有一个孩子向前走去》。诗里说:

有一个孩子每天向前走去,

他看见最初的东西,他就变成那东西,

那东西就变成了他的一部分……

如果是早开的紫丁香,那么它会变成这个孩子的一

Der Tiergarten Reisst Aus

部分;如果是杂乱的野草,那么它也会变成这个孩子的一部分。

我们都想看见一个孩子一步步地走进经典里去,走进优秀。

优秀和经典的书,不是只有那些很久年代以前的才是,只是安徒生,只是托尔斯泰,只是鲁迅;当代也有不少。只不过是我们不知道,所以没有告诉你;你的父母不知道,所以没有告诉你;你的老师可能也不知道,所以也没有告诉你。我们都已经看见了这种"不知道"所造成的阅读的稀少了。我们很焦急,所以我们总是非常热心地对你们说,它们在哪里,是什么书名,在哪儿可以买到。我就好想为你们开一张大书单,可以供你们去寻找、得到。像英国作家斯蒂文生写的那个李利一样,每天快要天黑的时候,他就拿着提灯和梯子走过来,在每一家的门口,把街灯点亮。我们也想当一个点灯的人,让你们在光亮中可以看见,看见那一本本被奇特地写出来的书,夜晚梦见里面的故事,白天的时候也必然想起和流连。一个孩子一天天地向前走去,长大了,很有知识,很有技能,还善良和有诗意,语言斯文……

同样是长大,那会多么不一样!

国际大奖小说

自己的书

优秀的文学书,也有不同。有很多是写给成年人的,也有专门写给孩子和青少年的。专门为孩子和青少年写文学书,不是从古就有的,而是历史不长。可是已经写出来的足以称得上琳琅和灿烂了。它可以算作是这二三百年来我们的文学里最值得炫耀的事情之一,几乎任何一本统计世纪文学成就的大书里都不会忘记写上这一笔,而且写上一个个具体的灿烂书名。

它们是我们自己的书。合乎年纪,合乎趣味,快活地笑或是严肃地思考,都是立在敬重我们生命的角度,不假冒天真,也不故意深刻。

它们是长大的人一生忘记不了的书,长大以后,他们才知道,原来这样的书,这些书里的故事和美妙,在长大之后读的文学书里再难遇见,可是因为他们读过了,所以没有遗憾。他们会这样劝说:"读一读吧,要不会遗憾的。"

我们不要像安徒生写的那棵小枞树,老急着长大,老以为自己已经长大,不理睬照射它的那么温暖的太阳光和充分的新鲜空气,连飞翔过去的小鸟,和早晨与晚间飘过去的红云也一点儿都不感兴趣,老想着我长大

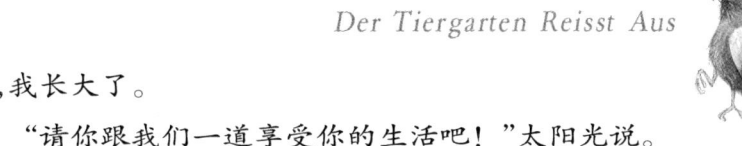

Der Tiergarten Reisst Aus

了,我长大了。

"请你跟我们一道享受你的生活吧!"太阳光说。

"请你在自由中享受你新鲜的青春吧!"空气说。

"请你尽情地阅读属于你的年龄的文学书吧!"梅子涵说。

现在的这些"国际大奖小说"就是这样的书。

它们真是非常好,读完了,放进你自己的书架,你永远也不会抽离的。

很多年后,你当父亲、母亲了,你会对儿子、女儿说:"读一读它们,我的孩子!"

你还会当爷爷、奶奶、外公和外婆,你会对孙辈们说:"读一读它们吧,我都珍藏了一辈子了!"

一辈子的书。

Der Tiergarten Reisst Aus — 目录 动物大逃亡

第一章　动物园 …………………… 1
第二章　逃出动物园 ……………… 13
第三章　向城市进发 ……………… 37
第四章　市长的决定 ……………… 50
第五章　动物劳动局 ……………… 62
第六章　劳动局里好热闹 ………… 80
第七章　问题出现了 ……………… 101
第八章　梦醒时分 ………………… 125

Der Tiergarten Reisst Aus

第一章

动 物 园

信不信由你,曾经有这么一个小男孩和一个小女孩,生活得无忧无虑。小男孩叫汉斯,小女孩叫露朵,他们是动物管理员胡姆莱家的孩子,他们一家一起生活在动物园中心一所小而温馨的公寓里。

炎炎夏日,从公寓开着的窗户外不时地飘进来刺鼻的动物气味,一整天都能听到鹦鹉嘈杂的歌唱声,还有猴子们永无休止的打闹喧哗声,声音大得像是从隔壁房间传过来一般。汉斯和露朵的生活却丝毫不会因此而受到干扰。他们都已经习惯了,这就好像农村的孩子不会对鸡窝里不断的喔喔声感到陌生,而城里的小孩儿自然不会对汽车的鸣笛声和嘈杂的有轨电车声反感。

每天清晨,汉斯和露朵都会匆匆忙忙地穿过动物园冲向学校——可别指望他们有多早啊,每次都是最后一秒的冲刺罢了——他们一路经过动物朋友们的家门,一路说着早安:

国际大奖小说

"早上好,狮子大王,您昨晚睡得可好呀?"

"斑马先生,您已经起床了吗?怎么还是穿着那身条纹睡衣呀!"

可爱的小浣熊正站在栅栏前,伸着令人怜惜的小爪子。"早上好,小浣熊!我们现在可没有时间和你玩儿……"

等到中午放学回到家,他们就会兴致勃勃地逐个笼子地溜达,去拜访心爱的动物们。汉斯会首先来到高大强壮的动物那儿,先是看看大象,然后去找熊,再到狮子那里,这就像是在看望老朋友一样。相比之下,露朵最喜欢来到猴子们的跟前了。她会从小兜里掏出面包碎屑和香甜的糖果来,猴宝宝们都已经和她很熟了,它们纷纷蹦到了栅栏前和她打着招呼。

涅斯托是猴群里年纪最大的猴子,长得很健壮,却老是板着脸。无论站在笼子外的游客怎么逗它,冲着它瞪大了眼睛,还在不停地"喝""嘿"叫着开玩笑,它都是一副漠然的表情。这些玩笑对露朵来说并不陌生,尽管她只有八岁,却已经很熟悉这些伎俩了:大多数人在和动物们打交道时很无知,就像傻瓜一样。特别是那些乳臭未干的捣蛋鬼们,总是处心积虑地盘算着各种馊主意,一旦心地善良的小熊上当了,他们就洋洋得意地笑得东倒西歪。他们甚至连年迈的涅斯托也不放过!

Der Tiergarten Reisst Aus

这天,露朵经过猴园,发现栅栏前站着两位高大的男生。隐约觉得不对劲儿的她悄悄地走近了他们。"看吧,"其中一个男孩对另一个说道,"我现在就把年迈的猴爸爸从后面的角落里骗出来,耍得它勃然大怒。"露朵感到很纳闷:这家伙到底要干什么呀,我爸爸和猴子们关系再要好,他也拿涅斯托没办法,因为它几乎是不会挪出角落半步的。于是她疑惑地在一旁看着。

只见高个儿男孩把手伸进了裤兜里,出人意料地拿出了一根黄而粗的香蕉。这可不是一根普通的香蕉,露朵知道,这是动物园里消费不起的奢侈品呀,猴子们已经很长时间没有吃到这梦寐以求的美味佳肴了。果然,猴子们争先恐后地拥向了香蕉,尤其是老涅斯托,这不禁让来自原始森林的它想起了长满金黄硕果的阔叶香蕉树,那些香蕉是多么的美味啊……

于是,美好的回忆渐渐地变成了饥饿感,涅斯托已经不知不觉地抻长了脖子,慢悠悠地从黑暗的角落里挪了出来。它脸上虽然是一副严肃的表情,但整个身体已经开始焦急地在栅栏边徘徊起来,眼睛紧紧地盯住了这诱人的美味。终于,它蹲了下来,伸出长长的胳膊,张开双手,抓向了香蕉。露朵紧张地盯着男孩,心里想:他该不会是要在这最后一刻猛地把香蕉收回去吧?这几乎是所有人最爱玩儿的把戏了。然而,香蕉原封不动地被送到了涅斯托的面前。露朵这才松了口气准备走了,突然,她看到男孩的脸上闪过了一丝狡猾的冷笑。

还没等露朵反应过来,接下来的一幕就以迅雷不及掩耳之势发生了——只见涅斯托接过香蕉嗅了嗅,就在要剥皮的时候,它噘起了嘴巴,察觉到了某些东西不对劲儿。香蕉皮被剥开的一瞬间,里面的东西撒了一地——碎片、沙石和钉子。原来这可恶的家伙把这些垃圾装到了一只袜子里,弄成了香肠的形状后绑到了香蕉皮里。涅斯托愤怒地把这"恩赐"摔到了地上,紧紧地抓住栅栏,咧着嘴大口地喘着气,鼻孔在急促地一张一合,嘴里不停地嘟囔,使劲儿地摇晃着栅栏。愤怒的它已经失去理智了,整个猴群的气氛顿时变得非常可怕,所有的猴子都远远地躲到了笼子的角落里,惊恐万分地低着头,等待着这场暴风雨的平息。高个儿男孩却在得意地欢呼着。

这时候,露朵的心里一个劲儿地懊悔自己只是个娇弱的小女生,否则她就可以当场狠狠地教训这可恶的家伙了。现在,她也只能是冲着他"哼!"了一声,远远地朝这种卑劣的行为表示不满。当然,这并不是什么有礼貌的表现,但露朵的脑子里除了这些已经一片空白了,愤怒的泪水不知不觉间夺眶而出。她再也不忍心看下去了,撒腿就往家里跑。

Der Tiergarten Reisst Aus

"露朵,怎么了?"汉斯正在写作业。

露朵并没有回答他,而是从抽屉里拿出了一块纸板,纸板上写着一行红红的大字:不要以戏弄动物为……这是一块还没有完成的警示牌,但经过了今天的事情,露朵已经下定决心,不把这块警示牌完成并挂到动物园里去她就坚决不睡觉了。她用笔蘸了一下红色颜料,专心致志地把剩下的字补齐:"乐!"可是泪珠滴落到"乐"字上,在纸板上形成了一个小水洼。

国际大奖小说

"露朵,"汉斯再一次问道,"到底怎么了?"说着,他把本子收起来搁到了书包里,并在妹妹的身边坐了下来。

泪水这会儿已经模糊了整个"乐"字,纸板上蜿蜒着一条浅红色的小溪。汉斯看着这一切,二话不说就把纸板翻转了过来,说道:"我们重新写吧。"说着,他用尺子在纸板上打起了线条。这要比露朵写得好看多了,毕竟一个十一岁的男生还是要比八岁的女生更擅长这些的。

就在汉斯认真写字的时候,露朵把这场"香蕉风波"原原本本地告诉了他。汉斯愤怒地屏住呼吸听着,好几次他在空中挥动着尺子,咬牙切齿地要去教训那个可恶的家伙。"可恶,我当时不在场,"他咕哝道,"否则有他好看的……"

接着,他不再吱声了。露朵在一旁看着他继续写着,若有所思地说道:"哥哥,难怪我们的动物会这么伤心,换成任何人经历了今天这样一场'香蕉风波'都会是这样子的……"

"涅斯托很伤心吗?"汉斯问道,"我想它应该是气愤吧?"

"嗯,"露朵点头道,"它表面上看起来很生气,但内心里一定是很难过的。你又不是不知道,一直以来它都待在角落里闷闷不乐地发呆。"

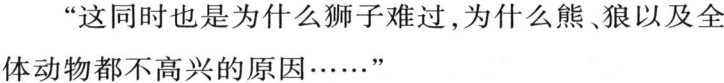
Der Tiergarten Reisst Aus

"这其中还有别的原因。"汉斯答道。

"是吗?那是为什么?"

"这同时也是为什么狮子难过,为什么熊、狼以及全体动物都不高兴的原因……"

"你知道其中的原因对不对?"说着,她钦佩地看着哥哥,沉默了。自从有记忆以来,兄妹俩就围绕着这个话题争论不休:为什么我们的动物们都那么的忧伤呢?它们不是已经拥有了所有想要的东西了吗——干净的窝巢、丰盛的饲料、友好的待遇……他们为了要解开这个问题费尽了多少心思呀!现在,汉斯终于找到答案了!露朵急切地等待着,到底哥哥要说的是什么呢?

"跟我来,"汉斯说道,"我给你看一样东西。"

他放下了画笔向前走去,顺着木梯下到了地下的办公室。这里是动物园管理室,室内摆放着一张书桌、一部电话机和一个文件柜,还有一张小桌子,桌面上摆放着一本厚厚的新书。

"过来看。"汉斯说着翻到了书的其中一页。那是一幅摄影作品,拍的是一只黑豹,瞪着金黄色的眼睛,正站在陡峭的山崖上,身上的每一块肌肉都绷得紧紧的。在它的身边,一棵挺拔的大树直冲云霄,树旁安详地偎依着另一只黑豹。这两只动物看起来如此的矫健而充满活力,神情也怡然自得——和动物园里垂头丧气的豹有着天壤之别。

"这没什么好奇怪的,"露朵叹息道,"这明显是在野外拍摄的呀……"

汉斯并没有说话,而是继续翻着书。"你再看这里。"说着他又翻到了另一张照片,里面的熊一家正在池塘里洗澡。露朵细数了一下,总共有七只,有年老的也有年幼的,有的在水中嬉戏打闹着,有的在岸边来回地打着滚儿。紧接着呈现在画面上的还有山羊,神情庄严而高贵地站在高高的岩石顶端,无拘无束而又傲慢地望着远方。

"为什么要让我看这些呢?"露朵问道,"这只不过是野生动物罢了,怎么可以拿来和我们家的动物相提并论呢!"

"不是的。"汉斯说着翻到了书的第一页,手指顺着醒目的大写标题划过——《囚禁中的自由——来自动物园的25幅摄影作品》。

"什么?!"露朵惊讶得跳了起来,"这些都是动物园里的动物吗?"

她从汉斯手中夺过了那本书,发狂一样地认真读着标题,怎么也不相信这会是真的。可是那上面白纸黑字写得清清楚楚:照片中所有的动物,狂野的豹、有趣的熊、高傲的山羊都是动物园里的动物,并不是她原来所

Der Tiergarten Reisst Aus

猜想的那样来自热带丛林或是高地山脉。只是，眼前的动物园和自己家的动物园实在太不一样了：里面没有围着栅栏的笼子，取而代之的是幽静的小岛，小岛的四周围绕着宽阔而深邃的沟渠。这样一来，参观的人们就伤害不到园中的动物，动物也不会对人们造成威胁。小岛上还设置着各种规模不大的景观：高山、岩石、丛林、沙漠和流水，一切就像是动物自己的家一样温馨和谐。

露朵一言不发地翻阅着书。

"你看见过开怀大笑的黑猩猩吗？"汉斯问，他翻到了一张开心微笑着的黑猩猩照片，上面的黑猩猩正在树上荡着秋千，显然生活得很惬意。

"你说得对，"露朵忧心忡忡地点着头，"确实比我们可怜的猴子们幸福多了……"

最后，汉斯把书放回了桌面，说道："现在你总该明白为什么我们的动物都那么悲伤了吧？"

然后，他们又回到了卧室。汉斯继续画起了警示牌，而露朵却陷入了沉思，用手指在桌面上胡乱地画着"Z"字，自己也不知道到底在做着什么。

"我们的动物都不知道有这么美丽的动物园吧，"她最后说道，"它们还没有看过那本书呢！"

"幸亏没有看到！"汉斯答道，"它们要是知道了，大至大象，小至臭鼬，非闹翻天了不可。它们将一天都不再愿意待在我们这里了!"

"不再愿意了吗?"露朵惊讶道,"那它们要到哪里去呢?"

"不知道,总之是离开这儿。'这里不再是我们待的地方了!'它们一定会这么叫嚷着越园逃跑的,它们从此就离开这里了。"

"永远都不会回来了吗?"露朵都快哭出来了,泪珠直在眼眶里打着转儿。

"直到人们向它们提供像书中一样的环境:没有笼子和栅栏,空间更加广阔,空气更加清新,光线更加充足,可以让它们上蹿下跳的,像书中动物园里的动物们一样快乐地生活。"

警示牌总算是画好了。露朵拿起它下了楼,想趁天黑前挂到猴园的栅栏上。路过办公室的时候,她站住了,偷偷地瞄了一眼四周迅速地溜了进去,再出来的时候手里拿着那本书,再一个转身就飞速地跃出了家门,乘着凉凉的晚风跑向了猴园。远处已经响起了闭园的钟声,小路上静悄悄的,夕阳向笼子洒下了血红的光辉。

猴园的对面有一条长长的板凳。露朵在那儿坐了下来,把警示牌搁到了一边,小心翼翼地打开了那本书再一次认真地阅读起来。她看得很入迷,丝毫没有察觉到这时最后一道阳光已经消逝了,灰蓝的黄昏笼罩着整个

Der Tiergarten Reisst Aus

动物园,笼子渐渐地在夜色中变得越来越模糊。终于,当几乎什么都看不清的时候,她这才把书合上放到了旁边,心里却很不是滋味。猛一抬头,她的视线停留在了猴园的栅栏上。那里肯定有事!于是她一个箭步来到了笼子旁,把动物园里年龄最小的猴子彼博逮了个正着。只见它正试图爬出栅栏,脑袋和胳膊都已经探出笼子了,可是再怎么使劲儿也没能把身子挤出去。

"彼博!"露朵大声地叫道,"你在干什么呀?你疯了吗?这可不是乖孩子的行为呀!"

小彼博顿时慌了手脚,卡在栅栏上使劲儿地蹭了好一会儿,既出不来又不愿意进去,终于还是硬着头皮猛地一抽身,重新回到了笼子里,眨眼间就像做了亏心事似的消失得无影无踪了。

"我可不希望再看到这种事情发生!"露朵冲着它的背影吓唬道。紧接着,她把警示牌钉在栅栏上,回去时又朝黑糊糊的笼子里看了一眼,一切都静悄悄的,她这才放心地穿过夜色中的动物园往家里走。那本书却落在了长板凳上。

回到家里,汉斯已经在洗手盆前刷牙了:"这么长时间你都去哪儿了呀?"他说着,差点儿被漱口水呛着了。

"哥哥,你知道吗?"露朵说道,"我从小就羡慕动物,因为它们从来都不用洗澡和刷牙!"

国际大奖小说

汉斯表示赞同地点着头,继续刷着牙。

"不过从今天起,我再也不羡慕它们了。"她说着脱掉外套换上了睡衣,这会儿才猛地想起了落在长板凳上的书。天啊!书居然给忘了!可是这时候,外面已经响起了爸爸回家关门的声音。看来现在再跑一趟动物园去把书取回来是不可能的了,但愿今晚不要下雨……

晚上,小露朵躺在床上翻来覆去怎么也睡不着。窗外,一轮又圆又大的满月把柔和的月光洒进房间落在了枕头上。内心一直在翻腾着的她从床的一头滚到了另一头,明明已经很困了,可脑子里还是在不停地浮现出白天的种种思考和恐惧——要是小彼博现在还在往外爬呢?要是那本书发生了什么意外呢?

渐渐地,她闭上了眼睛,像是醒着,又像是在梦里,她听到了汉斯在说:"它们要是知道了,将一天都不再愿待在我们这里了!"

Der Tiergarten Reisst Aus

第二章

逃出动物园

露朵梦见自己从床上坐了起来,迅速地穿过了狭窄而陡峭的楼梯口。一切都很不寻常:平日里嘎嘎作响的木板这会儿却丁点儿声响也没有了。仿佛无声的月光,她静悄悄地从楼上溜了下来,穿过锁着的大门,像是一层薄雾,来到了动物园。笼子与笼子间的小道上洒满了亮白的月光,亮得让人无法睁眼。所有的动物们都精神抖擞地在栅栏后面来来回回地走着。

"假如可以为月光而吼叫该多好啊!"狮子大王抖动了一下身上的毛,对妻子说道。

"那就吼吧,"狮子王后说道,"不过,我看你最好轻点儿吼!"

"是啊,我也想轻点儿吼呀!"狮子大王叹息道,"我已经尽力小声地吼了,可是不行呀。你是知道的,当我吼叫的时候,整个旷野都会为之震撼!"

狮子王后把前爪伸出了笼子,让它们沐浴在迷人的月光中。"要是不能轻声地吼,那就干脆大声吼出来吧。"它不耐烦地说道。

"绝对不可以!"狮子大王再一次抖动了全身的毛,烦躁地踱来踱去,"汉斯已经请求我不要再发出噪音了。就在昨天一大早,他站在栅栏的前面对我说:'狮子大王,我求你一件事:晚上不要再吼叫了。我们老是被你的吼声惊醒。就是因为你,弄得我在学校上课的时候老是不能集中精神,成绩都变差了,而且你把我的小妹妹吓坏了。'"

"露朵吗?"狮子王后惊讶地问道,"我不相信!露朵是什么都不怕的呀!我最近还看见她和她爸爸在大褐熊那儿给它挠痒痒呢!"

"她是在我吼叫的时候才感到害怕的!"狮子大王激动地来回摇着尾巴。

"你太敏感了,"狮子王后说道,"在月光下还是可以的,你就尽情地吼吧——从此以后不再吼就是了!"它打了个哈欠。

突然,猴园那边传来了一阵喧闹声,看起来好像发生了不寻常的事情。动物们都在激动地发出尖锐刺耳的叫喊声,还叽叽喳喳地议论着。

"这群猴子呀!"狮子王后好奇地抻长了脖子,虽然它非常清楚猴园就在角落里,可谁也没法看到那里,哪

Der Tiergarten Reisst Aus

怕是狮子王后也不可以。

"那些猴子又怎么了?"狮子大王向长颈鹿问道,因为它不用抻长脖子就能看到所有的一切。

"还不都是因为彼博,"长颈鹿说道,"这可不行呀!那孩子真是越来越野了!"

小彼博是动物园里的神童。作为年纪最小的猴宝宝,它一直都是大家的掌上明珠,它是那么的讨人喜欢:小而乖巧,有着黄褐色的皮毛,红润的小手和小脚。它的妈妈贝拉可不是一般的宠爱它,甚至连它身上的虱子——就是它每天都要给彼博捉好几遍的虱子——都要比其他的猴宝宝身上的虱子可爱。的确如此,像小彼博这么可爱、快乐又聪明过人的宝宝,在动物园里还真是独一无二的。

"哎,到底是怎么了,长颈鹿?"狮子大王没有耐心了,嚷道,"彼博这孩子到底又在搞什么名堂了?"

"它搞的名堂可是前所未有的!这孩子可真是个新闻人物!"长颈鹿们都挤在了一起,眨巴着大大的眼睛争先看着。

"你到底说不说呀,"狮子大王生气了,"就应该把你们那长长的腿折断,最好一次性折成四截!"它是真的生气了,连狮子王后也识趣地缩到了后面,舔着它们可爱的宝贝女儿莲妮娜。

Der Tiergarten Reisst Aus

谁不对发怒的狮子大王敬畏三分呀,哪怕是多么不识趣的长颈鹿也不得不恭恭敬敬地汇报了:"小彼博爬到栅栏外面了,正在进进出出地散着步呢!"

"什么?!"狮子大王和狮子王后异口同声地喊道。狮子王后连忙放下了莲妮娜,一个箭步跳到了栅栏前。小莲妮娜在沙堆里打了个滚儿,似乎被吓到了,发出呼噜呼噜的嘀咕声。

"这是真的吗?"狮子王后问道,"你没有在撒谎吧?"

"当然没有,"长颈鹿肯定地说道,"贝拉妈妈都要崩溃了,它想让小彼博赶紧回到笼子里去,可那孩子显然不听话。"

这时候,狮子大王简直惊呆了,整个呆立在那儿,看起来就像是一座雕塑,几乎可以直接垒上一个基座,把它当石狮子用了。经过一番认真的思考后,它的眼睛闪烁着,清了清嗓子大声地吼道:"让彼博马上给我过来!"

整个动物园都颤抖了,大家都吓得不敢再吱声,都意识到狮子可是它们的大王呀!长期的囚禁是很容易让大家把这点遗忘的,但这威严的吼叫声再清楚不过了:它是主人,是王,就像以前还没被关进来的时候一样。

"大王要召见你呢,"贝拉在它孩子的耳边低声地说,"过去吧,但不要让自己被吃了呀。"

布鲁图——贝拉的丈夫马上把它推到了一边,说:

"你傻了是吧?狮子是不吃猴子的!"接着它尴尬地走到了涅斯托的跟前说道,"这都是月光惹的祸呀!"它为自己妻子的愚昧道歉。

"不是的,"涅斯托说道,摇了摇头,睿智而深沉地说,"这都是长期监禁的结果呀。"

"不是的,"贝拉伤心地叹着气,"这都是因为母爱……"

黑豹在对面的笼子里幸灾乐祸地说道:"什么?母爱?真是愚蠢的借口,这就是溺爱的恶果!"

小彼博趁着大人们闲聊的工夫已经出发了。它走到长板凳那边,跳上了扶手,往下看的时候,它惊奇地盯上了那本被露朵遗忘的书。当彼博确定这并不能用来吃之后,便翻开了书的封面阅读起来。"嘿,哥儿们,你好!"猛地,它看见了画面上微笑着的黑猩猩,吃惊地说道。

可是黑猩猩并没有理它,这可把小彼博气坏了,它嚷道:"你太没礼貌了!难道你妈妈没有教你怎么和别人打招呼吗?"黑猩猩还是没有作声,小彼博顿时火冒三丈。"你真的不想回答吗,你这只臭猴子!"它大声地嚷着朝图片狠狠地抓去,要不是这时候猴妈妈刚好叫住了它,它差一点儿就撕破了整页纸。"彼博,你没有听见吗?你现在要到狮子大王那儿去!"

于是,彼博把书夹到了腋窝底下,乖乖地拐过角落

Der Tiergarten Reisst Aus

来到了狮子大王的笼子前。

"晚上好,"它说道,"我可以进来吗?"

"你能行吗?"狮子大王问道。

"易如反掌。"话音刚落,彼博就已经钻进来了,"你们笼子栅栏间的缝隙要比我们的大得多,钻猴笼子时我要把自己挤得很小。"它说道。

莲妮娜也像妈妈一样好奇,这会儿马上跳了过来围着小彼博转圈,这儿闻闻,那儿瞅瞅,把它当成了玩具。

"嘿!"彼博叫着,闪到了一边,"它总该知道狮子是不吃猴子的吧?"

但彼博还是爬到了栅栏杆的高处。小心为妙啊,它想到。就在这时候,那本又厚又重的书咣当一声掉到了笼子里,把莲妮娜吓了一大跳,它惊慌地闪到了一边,警惕地皱起了小鼻子。

"你带来了什么?"狮子大王问道,轻蔑地用粗大的爪子按住了那本书。打开书时恰巧翻到的第一页就是一幅狮子的照片:公狮子站在山丘上高兴地看着自己的妻子和儿女们,两只小狮子在旁边跟着妈妈学"匍匐潜行"。

就在这时,小莲妮娜也慢慢地缓过神儿来不再感到害怕了,反而对这本书产生了兴趣,不停地围着它转起圈圈来,最后翻到了书的背面停了下来。

"一只该死的黑猩猩也在里面呢……"小彼博在栏杆上愤愤不平地朝下嚷道,"狮子大王,您把爪子挪开就会看到了……"

狮子大王一听立刻把爪子挪开了,就在这时候,晚风吹起了书的每一页,经过这反反复复地翻阅,里面的图片一张张都展现在了狮子大王的面前:有熊的一家,有大袋鼠,最后还有彼博说的咧着嘴笑的猩猩堂兄。"是呀,"狮子大王深深地叹了口气,"它可以大笑!最重要的是,我们所有的伙伴在这本书里都能开怀大笑,而我们却像犯了法似的被囚禁在这狭窄的笼子里!"

压抑已久的不满迅速传遍了整个动物园,到处都在发出低沉而愤怒的埋怨声。

"我们再也受不了了!"狮子大王大声说道,高傲地站了起来。整个动物园里弥漫着紧张的气氛,大家都在静静地等待着狮子大王发话。

只有小彼博和小莲妮娜没有在意,它俩在一旁窃窃私语着。小彼博从栏杆上滑了下来,小莲妮娜这才发现它脸上不但没有长着须毛,身上也没有尖利的爪子,也没有像爸爸一样漂亮的尾巴。小彼博身上有太多的不一样了,这让它兴奋极了。当小彼博很确定地告诉它,没有尖爪子和须毛一样可以很舒服时,它感到很不可思议。

这时,狮子大王打断了它们的闲聊。"小彼博,我的

Der Tiergarten Reisst Aus

孩子，"它郑重地说着，"到了这一时刻了！有了你的帮助……"

"什么样的时刻？"彼博问，"在我们猴园里有着很多很多的'时刻'啊：体能训练的时刻，捉虱子休息的时刻，吃花生的时刻……涅斯托叔叔是我们的老师呢。"

"自由的时刻！"狮子大王叫道，声音就像一声铜锣巨响回荡在动物园的上空。所有的动物都不禁打了个冷战，当听到"自由"这个词时，它们几乎停止了呼吸。只有彼博和莲妮娜没有，因为它们是在动物园里长大的，根本不知道自由是什么。

"那应该怎么做呢？"彼博问道，"涅斯托叔叔从来没有在课堂上教过我们呀。"

狮子大王抬起头，这上面真的就只差一顶皇冠了，那样的话它就完全可以像王者般高昂着头了。"彼博，命运安排了你来把我们全部从监狱里释放出去！"它郑重地说，"你将会打开我们笼子的大门，将会……"

狮子王后打断了丈夫的话。"你还真会说，"它责怪道，"净是些夸张的词语，什么'命运'，什么'大门'，都是些冠冕堂皇没用的话！我就知道你跟小孩子沟通不了！"

它转过身来，背对着狮子大王，对小彼博说道："现在听好了，我亲爱的宝贝！阿姨现在就告诉你应该做什么：在赫本池塘的后面就是动物管理员胡姆莱的房子，他的卧室就在第一层,长颈鹿会告诉你该从哪里爬进去。他睡觉的时候都是让窗户开着的,在床的旁边有一个沙发椅,上面放着一条裤子……"

"灰色那条吗?"小彼博问道,"他喂东西给我们吃时穿的那条吗?"

"没错儿。在那条灰裤子的口袋里有一串钥匙……"

"很大很大的那串吗?"彼博高兴地叫道,"就是发出动听的叮叮当当声音的那一串吗?"

"对,就是那一大串!"狮子王后说道,"不要老打断我的话!在这一大串钥匙里有着动物园全部笼子的钥匙……"

"我去把它拿过来,"彼博兴奋地说,"我嗖的一声飞过去,很快就可以到那里了!"说完它就跑了。

它尽可能快地穿过了月光照耀下的小道,从露朵身边经过。只见她正穿着睡衣,站在猴园对面长板凳的后面,也就是她昨晚把书落下的地方,一动不动地,像被施了魔法一样,只能眼睁睁地看着彼博从那里跑过去。小彼博跑过了一个又一个笼子,里面的动物们都拥挤到了前面,双眼发亮地注视着,把鼻子贴到了栅栏上,爪子紧紧地抓着栅栏,仿佛想祝愿它一路顺风似的。

"干得好!"大象摇晃着粗粗的鼻子喊道。

"自己可得小心呀!"羚羊提醒道。

Der Tiergarten Reisst Aus

"快点儿!"老虎和美洲豹大声吼道。

"可别被逮住了!"大袋鼠嚷道。

河马钻出池塘,扑哧扑哧地从大鼻孔里吐出好多水,嘟囔道:"待会儿见!祝你好运!"说完又把脑袋扎进了水里。

彼博跑向赫本池塘,一路经过狐狸和狼,经过穿着黑白相间条纹睡衣的斑马先生,经过骆驼和美洲驼,经过熊,经过乌龟,还有很多很多的动物。

年老的海豹洛比尔早已张开双手等待着小彼博了,它甚至摇摇摆摆地爬到了岸上以便能够准确地告诉它动物管理员胡姆莱卧室敞着的窗户的位置,小彼博感激地握了握它的手。接着洛比尔又回到水中去了。就在这时,小彼博向房子跑去,爬上了一棵大树,幸运的是这棵大树离那敞开的窗户并不远。

动物园里鸦雀无声,没有人敢说话。

只有好奇的狮子王后忍不住小声地问长颈鹿:"你看见什么了吧?"

"当然,"长颈鹿小声地回答道,"所有的东西我都能看到!"

"它现在在哪儿呢?"狮子王后问道。

"在窗户前的树枝上……现在沿着一根粗大的树枝爬着呢……它向前爬到那树枝的顶端了,来回地晃动着……准备跳了……现在它蹦起来了……从空中越过……哎呀……太棒了,它落到窗台上了!"长颈鹿大口喘着气,好像跳到窗口的是它自己一样。所有的动物都聚精会神地听着它的汇报,就像人们正在收音机前认真地倾听着体坛快讯报道一场扣人心弦的足球赛事一样。

小狮子莲妮娜激动地在笼子里又蹦又跳。

"继续说呀,"它叫道,"还有呢,还有呢?"

Der Tiergarten Reisst Aus

贝拉妈妈因为害怕而抱怨着调皮的彼博。

"你还能看见它吗?"狮子王后问道。

"还坐在窗台上呢,在考虑着什么,"长颈鹿汇报道,"往黑糊糊的房间里面瞅着……现在,它伸展了一下手脚……呀……跳进去了!它在房间里了,我再也看不到了!"

所有的动物就像之前的狮子大王一样,在笼子里像一块块动物纪念碑似的呆立着,一动也不动,完全说不出话来。甚至连莲妮娜也不再乱蹦了,贝拉也不再发牢骚了。只有河马小宝宝从水中探出它小小的鼻孔,还没来得及发出汩汩的声响,就被河马妈妈迅速按下水去了。河马宝宝还很小很幼稚,不明白为什么现在就不可以发出汩汩的声响呢?

"它究竟在哪里?怎么待了这么久?"贝拉低声说道,又开始接着发牢骚了。

"出来啦!"长颈鹿叫道,"它现在又坐回到窗台上了!抱着一团黑糊糊的东西……它拿的是……是它!"这时,长颈鹿也抻长了脖子。"是裤子!"它终于把这句话都给讲完了。

"它已经拿到裤子了!"动物们欢呼着拥抱在一起,发出喧闹的骚动声。

"安静!"狮子大王吼道,"如果你们这么吵,把管理员吵醒了,一切就都完蛋了!"

四周马上又恢复了宁静。

"它现在在哪儿了?"贝拉问道。

"还在窗台上呢!"长颈鹿转头答道,"我想它正在找那串钥匙吧。现在有样东西掉下来了——是裤子!"

"太棒啦!这就意味着:它拿到那串钥匙了!"年迈的涅斯托叫道,"我经常教导孩子们:当你们获得了花生米,就赶快把壳扔掉!"

莲妮娜紧锁着眉头,看起来像一只陷入困扰的小猫咪。"我不明白,"它对妈妈说道,"花生壳和管理员的裤子有什么关系呢?"

"小傻瓜,"狮子王后温柔地说着,"花生仁是指钥匙,明白了吗?花生壳是指裤子,当取出了花生仁时就把花生壳扔掉了。"

彼博把那串钥匙紧紧地攥在手里。在月光下,钥匙闪闪地发着光。接着它以极快的速度从树上爬了下来。

海豹洛比尔在向它招手。

"好样的,彼博!"河马在水里称赞道,发出汩汩的声响。

"彼博万岁!"大象悄悄地说着,真想吹一下喇叭,可惜狮子大王禁止了所有的声响。

"彼博真棒!"狼和狐狸用几乎听不见的声音小声地

夸道。

熊低低地吼着,老虎也轻轻地欢呼着:"干得好,彼博!"

这时涅斯托站到了猴园前,对着长颈鹿喊道:"请替我转达对狮子大王和王后的敬意,并告诉它们:尽管彼博跑得很快,也很机灵,但它毕竟还很小,并不能胜任打开所有笼子的重任。最好是由我涅斯托,也就是大王最忠实的仆人,先保管着钥匙,然后就把大王、王后和莲妮娜公主解救出来。"

"涅斯托已经老了!"狮子大王生气地埋怨道。

"尽管如此,但它说得对。"细心的狮子王后觉察到了,"就任命它为大臣吧。不管怎样,大王就只管坐在宝座上好了,其他的事由它的臣民来操心吧。"说完,它又转向了莲妮娜,梳理起它的毛发,就像所有妈妈一样,尽可能地把自己的孩子打扮得漂漂亮亮的。

狮子大王在一旁嘀咕了好一会儿,然后才让长颈鹿传话到了猴园,任命涅斯托为大臣。于是,老涅斯托骄傲地摇着尾巴走到了栅栏前去迎接小彼博,摆出一副沾沾自喜的表情,就像是一生之中再也没有比成为大臣更了不起的事情了。

当涅斯托要打开猴园的锁时,整个动物园又安静下来。只见涅斯托伸出那黑糊糊长满毛的强壮双臂穿过了

国际大奖小说

笼子的栅栏,门咯吱一声被打开了。

贝拉妈妈扑向了儿子,好像它并不是待在管理员胡姆莱的卧室里五分钟,而是去了北极好几年。

Der Tiergarten Reisst Aus

这时候,涅斯托已经在路上了。在角落里,就在其他的猴子们跟随着跑过来的时候,锁被打开了。莲妮娜被梳理得像是要去参加生日宴会一样漂亮,马上就想从爸爸的身边一跃而出。

"莲妮娜!"狮子王后严肃地制止了,"得先让爸爸出去!"

莲妮娜乖乖地缩了回去。这时,狮子大王自豪地抬起脚,迈着庄严的步子,翘起了高贵的尾巴,走向了门口。

猴子们都十分崇敬地向狮子大王鞠着躬。"您好!"涅斯托含糊不清地说,当王后经过身边时它又说了一次"您好",就像是一个生活在原始时期的奴隶。

"现在该怎么办呢?"狮子大王问道。

"现在,"涅斯托清了清嗓子说,"请尊贵的大王召集它的臣民们举行会议吧。"说完它把还在惊讶状态中的狮子们带到了咖啡馆的阳台上,这里是游客们在夏日里撑着遮阳伞喝柠檬汁的休闲场所。

"怎么搞的?"美洲豹生气地说,"我们难道不应该出去吗?"

"等一下!"狮子大王吼道,"听好了,我现在要去开会!"

狮子大王其实并不知道什么是会议,当大王那会儿压根儿就没有举行过,现在也顾不了这么多了,因为它现在满脑子想的就只是像皇帝一样高贵地踏上阳台的台阶,但是四肢一起上的话显然是很困难的,只能是前爪子先上,这才算是稳稳当当地走了上去。

"我也要一起去,"狮子王后要求道,"这个会议不能只由你们男人来开。"

"就是就是,"长颈鹿说道,"最好我们女人中间也有一个能参与进去。"

小莲妮娜对会议一点儿也不感兴趣,可是爸爸妈妈都去了,也就只好跟着了。可就因为不会把前后爪子分开走,它在上台阶时滑倒了很多次。一到上面,它就发现了一个很好玩儿的游戏,调皮的它把咖啡馆里服务员花了一晚上好不容易堆起来的桌椅全部撞翻了,还玩儿起了足球。

这会开的时间并不长,提出了许多合理化建议,也算是成功了:

1. 释放所有的动物。

2. 大家都必须听话。

3. 决不允许袭击其他动物。

4. 更不能吞食其他动物。

5. 禁止一切喧哗起哄。

6. 也不可以高兴地欢呼。

7. 谁要是不遵守规矩就得重新回到笼子里去。

8. 所有自由了的动物们排成队列进城去。

"也就是这样,"涅斯托建议道,"走在前面的是大王,接着是大臣,然后是大象和熊,从大到小,最小的动物走在队列的最后。"

狮子王后马上生气地打断了它的话,毛发都气得竖了起来:"你们就是干这种事的人!年幼娇小的就得走在后面没有人来保护,而一群装模作样的家伙就走在队伍的前面!"

"你得允许……"狮子大王大声地嚷道。

"什么都不允许!"狮子王后责备它说,"我绝对不同意为了要让你们这尊贵的队伍看起来好看却使弱小的动物们遭受到意外!"在关键时刻,狮子王后那颗充满母爱的勇敢的心总是能发挥作用。

"那应该怎样呢?"涅斯托问道。

"这样吧,"狮子王后说道,"一些脖子长的动物就站到队伍的前面带路,像长颈鹿和鸵鸟,或许再加上双峰驼和单峰驼。中间就安排那些会打架的家伙来保护大家,像老虎呀豹呀这些我们家族里的远房兄弟们。"

"我不在里面吗?"狮子大王问道,"我觉得要是发生了什么意外谁都没有我吼得大声,真的打起架来了谁也没有我厉害。"

国际大奖小说

"你敢!"狮子王后数落它说,"制定的第三第四条条例里面就禁止臣民们侵袭其他人,你自己却说要打架,真是位让人倒胃口的大王!"

"我是指和人类的战斗!"狮子大王庄严地说。

"更糟糕!"它的夫人叫道,"你还是马上把这个想法打消吧。要是我们中间任何一个和人类对立起来了,哪怕只是对他们龇牙咧嘴,一切就都完了!他们就会拿上'家伙'把我们枪毙了的。"

"是呀,"涅斯托若有所思地说道,"我们的队伍假如不能给别人留下友好的印象的话,那就最好不要开始。"

莲妮娜玩儿腻了,在慢悠悠地打着转儿。阳台已经面目全非了,到处都是推翻了的桌子和椅子,中间散落着零零碎碎的椅子腿和被啃咬过的箩筐,还有一条服务员放在外面忘了拿回去的桌布已经被撕碎了,整个场面看起来就像是经过了一场厮杀。在这么短的时间里干了这么多事,可把莲妮娜累坏了。

"妈妈,那我站在队伍的哪里?"它向妈妈撒起娇来。

"在中间,我亲爱的宝贝!"狮子王后说道,"所有小孩儿和娇弱的动物都站在队伍的中间,我们会在队伍后面安排一些老实而强壮的动物,像熊呀大象呀,或许狼也可以。"

"那我们是两个两个一起走吗?"莲妮娜问道,"就像

Der Tiergarten Reisst Aus

小学生跟着老师参观动物园一样吗?那我可不可以和彼博一起走?"

"如果我们还不抓紧,"涅斯托催促道,"天亮后管理员胡姆莱醒了,我们想走都走不了了。"

门都用钥匙打开了。狮子大王站在敞开的笼子门口和每一位动物握手约定:都要规规矩矩的,以人格担保在大逃亡中绝不伤害任何人。

全部笼子都空了。白天满是游人的小道上现在全挤满了动物,到处都闹哄哄的,有各种各样的嘀咕和吼叫声:乌鸦沙哑的呱呱叫声,海鸥嘎吱嘎吱的尖叫声,小猫咪姆咪姆的喵声,还有咯咯嗒嗒的脚步声、轰隆隆的挪动声和沙沙的爬行声。

站在队伍中间的大块头的大象对着那些乐意听它说话的人说着:"简直受不了了,而且我还有一个会吹喇叭的鼻子呢!尽管如此我却不能吹一下。"

莲妮娜站在小彼博的身旁,天真地牵着它的手好奇地问道:"它说受不了什么来着?"

"它自由了呗,"聪明的彼博回答道,然后咯咯地笑道,"你看那边,莲妮娜——真正的鳄鱼眼泪哟。"

此时此刻,河马和鳄鱼之间正上演着一场激动人心的重逢场面:在尼罗河的时候它们就曾经是邻居,同时被捕遭送到了这里。现在俩人叙着旧,说着那时尼罗河的泥浆是多么的美妙,也只有在尼罗河,在世界别的地方再也找不到了。就像前面说的,鳄鱼掉下了众所周知的思乡的眼泪。

涅斯托马不停蹄地跑了起来。"大家都到外面去!"它大声地呼喊着,"懒人就是爱磨蹭。还真是不得不催它们一下,简直是一群懒鬼!"

Der Tiergarten Reisst Aus

"涅斯托!"狮子大王拨开了猴群,像国王想找他的大臣私底下商讨重要的事情一样,悄声地说,"在笼子的地上有一本书,我想在逃亡时带上它。"

紧接着,任你怎么想也想不出来,我们的老涅斯托是怎样神速地跑到了狮子大王的笼子里然后又跑了回来,小心翼翼地把书送到了狮子大王的跟前,就像它是用陶瓷做的一样。

"谢谢,"狮子大王说道,"出发吧!"

"等一下!"狮子王后喊道,"钥匙怎么办?我们要带着走吗?还是……"

"把它扔进赫本池塘里吧,"洛比提议道,"就那里,最深的地方。"

鸵鸟说道:"就让我把它吞到肚子里去吧,我的胃可以装下一切的东西,吞一串钥匙简直是小菜一碟啊。"

"不要吧。"大象喊道,"就让它挂在我的鼻子上吧,我举在前面像响铃一样叮当叮当地响多好呀。"说着它举起了大鼻子,越过所有动物的头来回地挥动着。

"胡闹!"袋鼠斥责道,"钥匙就应该放在钥匙袋里,把它藏在我的口袋里就对了。"

大家都对这个提议表示同意。大象嘟哝了好一会儿,硬说"钥匙"就应该和"象鼻"押韵,不是和"口袋"押韵,所有诗人都会同意它这个说法的。不过后来它也就看开了,确实再也找不到比深深的袋鼠袋更好的地方来保管钥匙了。

于是,整个动物队伍出发了。

露朵一动也不动地站在长板凳的后面久久地凝视着它们,这多么像平时的梦境啊——不管多么努力想抬起脚去跟上它们,可就是办不到;多么想大声地喊救命呀,却一句话也说不出来了。她无助地呆呆地站在那里,眼睁睁地看着动物们的队列慢慢地走向了城市。

Der Tiergarten Reisst Aus

第三章

向城市进发

　　动物们自由自在地穿过了从动物园通往火车站的林荫大道。天上的月亮已经下去了,太阳却还没有升起来,就在这白天和黑夜交接的时刻,整个世界都是灰蒙蒙的,只有铁路的轨道像银子一样在朦胧的夜色中发着光。

　　一位守卫正站在角落里打着盹儿,当他突然听到动物们踢踢踏踏的脚步声,然后看见这一群不寻常的身影向自己迎面走过来时,他告诉自己这一定是在做梦。

　　"嘿!"他大声地冲它们喊道,"你们难道是在过狂欢节吗?"当看到这群有趣的家伙居然还能想到打扮成长颈鹿和狮子的模样,他觉得简直太不可思议了。这时,蟒蛇刚好蜷缩着身子打他旁边经过,一头年轻力壮的豪猪差点儿把他撞倒了,就在他弯下腰的时候手指被扎了一下。

　　"不可能,"他大声地说道,"我是一名清醒得很的守卫,又不是爱做白日梦的家伙!"因为不管人怎么会装扮也不可能装扮成蛇和豪猪呀!

接着所有的警察局都知道了这里有一列庞大的野生动物队伍正在向着城市方向走去。又过了十分钟——正好是太阳从空荡荡的动物园笼子后面升起来的时候——管理员胡姆莱卧室里的电话响了。他想迅速套上自己的灰裤子,却发现裤子居然莫名其妙地没了踪影!于是,他只好穿着睡衣打着赤脚,惴惴不安地跑到了电话机旁。

露朵还站在长板凳后面,空荡荡的动物园里就只剩下她孤零零一个人了。远远的,她听见了家里传来的电话铃声,而身子就在这一刻突然可以活动了。她想马上跑去追赶动物们,留住它们并把它们劝回来,但脚却完全不听使唤地走向了相反的方向——朝家里走了回来。就在刚进门的时候,爸爸拿起了话筒。

"喂,您好!"他生气地说道,"这里是动物管理员胡姆莱,请说话!"

"这里是警察局局长!"话筒的那头一个愤怒的声音在吼着,"我亲爱的老兄,您接个电话还真是费劲儿呀!"

胡姆莱被吓得两腿一软,在睡衣里哆嗦着,一点儿都没有因为被像警察局局长这么一个大人物称呼了自己为"亲爱的老兄"而高兴。

"您跟我说说看,胡姆莱老兄,"声音继续怒吼着,"您那一切可好啊?"

"噢,是的——噢,不是,我是说其实并不好!"胡姆莱在电话里结结巴巴地说道,"缺了点儿东西!"

"您病了?"警察局局长大声地叫着。

"谢谢您的关心,我挺健康的,只是,我的裤子……"

"您的裤子病了?"

"噢……当然不是,尊敬的警察先生,我的裤子也很健康,只是它不见了。"

"被偷了?"

"在我看来好像是的,警察先生。"可怜的胡姆莱在电话另一头轻声说道。

"在我看来也就是这样子的,"警察局局长挖苦道,"笼子的钥匙应该就搁在裤兜里,而小偷也就是这样子在昨天晚上把整个动物园清空了!"

"什么?!"这时候,胡姆莱也大声地叫了起来,"我的动物都跑了吗?警察先生,是不是发生什么事了?"

"还好,到目前为止还没有人在街上,但是……"

"我是指,我的动物没有发生什么意外吧!"胡姆莱哭了,"我家羚羊娇嫩的小脚不要陷进了火车轨道里才好呀!它那薄薄的脚掌很容易折断的呀!"

"除了这个,您就不担心别的了吗?"警察局局长在

国际大奖小说

电话那头喘息道。

"噢,别的就不用担心了,警察先生。猴子们肯定不会爬到电线杆上去的,因为它们知道那样子会很危险。"

"您这个笨蛋!"警察局局长生气极了,想立刻结束这个话题,尽管胡姆莱还在为自己心疼的动物喋喋不休

Der Tiergarten Reisst Aus

着。"您简直就是一个超级大笨蛋!您难道就没有真正意识到发生什么事了吗?您那些可爱的动物已经逃跑了,狮子和老虎,还有熊!它们现在正在城市里到处乱窜呢。万一熊袭击了孩子……我是说,万一还袭击了一群小学生呢……"警察局局长在电话那头越讲越快,"那后果真是无法想象的呀!"

他说完深深地叹了口气。

"但是不会的,警察先生,我们的熊都是很喜欢小孩子的呀。"胡姆莱安慰着他,希望能让他平静下来,"不会出现您说的情况的,警察先生。我们家的露朵前几天还在跟大褐熊玩儿呢——您真应该看看那温馨的场景,我敬爱的局长先生……"

"不要!"警察局局长大声地喊道,"我才不要看!您简直就是脑子不清楚的人……很快您就会收到这大褐熊的皮给你们家小露朵做毛毯了。"

"怎么了,警察先生?"胡姆莱激动地喊着,"什么毛毯,请您把话讲清楚……"

"因为我会开枪!会朝您所说的那群喜欢小孩子的熊和狮子们开枪的!现在,我只要拿到市长先生的指令就可以行动了!"

"等一下,警察先生!"可怜的胡姆莱着急地喊道,眼泪都快要掉下来了,"警察先生……"

国际大奖小说

但是,电话另一头已经咔的一声把电话挂了。

汉斯这时也下楼来了,站到了露朵的身旁。两人都担心地看着爸爸。

"孩子们,你们听见了吗?他说他会开枪的,会向我们的动物开枪的……现在,只等市长先生的允许了……"

说着,胡姆莱的声音已经因为泪水变得哽咽起来,他想从裤兜中抽出手帕来着,这才想起自己并没有穿着那条裤子,而睡衣兜里根本没有纸巾,于是就只能任由泪水肆无忌惮地从脸上滑了下来。

"爸爸!"露朵也跟着哭了起来,"爸爸,请……请不要哭……"然后她扑到了爸爸的怀里,用手紧紧地围着爸爸的脖子抽噎起来。

汉斯望向了窗外,说道:"有人来了。"

从空荡荡的赫本池塘那边迎面走来了两个人,是从警察局过来问胡姆莱话的。用不了多久,他们问到了所有能知道的信息:胡姆莱先生的姓氏是雷欧·法兰克·约瑟夫;他是什么时候在哪里出生的;当动物管理员已经有二十年了;昨天晚上喂完食后把门像往常一样锁好了,而他的裤子,就是那条装钥匙的裤子,也是像往常一样放在了床边的……

"裤子在这里,"汉斯说道,就在他们问话的时候,他偷偷地溜了出去环绕房子转了一圈,"放在了爸爸卧室

Der Tiergarten Reisst Aus

窗前的树底下了。"

"赶紧放开它!"其中一位警察马上严肃地喝道,"小朋友可别扰乱了我提取指纹。"

可怜的胡姆莱先生眼睁睁地看着自己的裤子被装进了一个大纸袋里带走了。多么的不幸啊!现在围绕他的也只剩下不幸了(当然还有身上的睡衣),那条灰色的裤子再也别想穿了,因为它对警察来说还有别的用途。

汉斯扯了扯妹妹的衣服,说:"露朵,和我一起走吗?快点儿!"

"嗯……"露朵答应着,就在往后看了一眼的瞬间,发现自己身上刚才还套着睡衣,这会儿就忽然已经完全换好衣服了。

他们手拉着手跑了起来,脚上没有穿鞋,就像露朵昨天晚上一样,很快地跑出了家门穿过安静的动物园。

"不要哭了,"汉斯说道,"抚摩过大褐熊的女孩是不会在这时候哭的,要勇敢起来。"

他停在了小山旁,这是乌龟住的地方。"乌龟已经走了。"他静静地站在那里很久,说这话时摇着头。不管怎样他都不相信这一切是真的,就好像乌龟刚刚还在这里一样,或许真的还在呢,因为它走得很慢,怎么能跟得上别的动物呢?

露朵仍然在担心着爸爸。"警察真凶,"她说道,"他们至少应该把裤子还给爸爸,他已经什么都没有了呀!对了,你知道那个到底是什么吗?什么是指纹?"

"是这样的,"汉斯点头回答道,"警察叔叔会在裤子上面撒上一层粉末再把它吹走,这样人们就可以很清楚地看见手指在上面留下的痕迹了,而这个就是昨天晚上把裤子偷走了的人留下来的。通过这个方法就可以找到那个偷钥匙并把我们的动物放走的大坏蛋了,因为每个人的指纹都是不一样的。明白了吗?"

露朵还是没弄明白,想了想说:"我觉得他们不可能通过这个找到小偷的。"

"为什么?"汉斯问道,"他们肯定可以找到的!而且最好把他关进监狱待上足够长的时间。当他被释放出来的时候,怎么也是在十年或十二年之后了吧,到那时我就已经长大并且变得强壮了,站在监狱门口等着他出来狠狠地揍他一顿,好让他知道要为自己所犯的错付出代价!"

最后,他们走出了动物园的大门。迎面就停着一辆汽车,鸣着笛正准备出发呢。汉斯一把把妹妹推了上去,随后自己也跳了上来。

"我们现在要去哪里?"露朵问道。

"去找市长先生。"

汽车上,大家显然都已经听说了这条头号新闻了,

Der Tiergarten Reisst Aus

都在议论着逃跑的动物,都说这对城市而言有多危险呀,还说那不尽职的管理员,也就只有在这种人身上才会发生这么糟糕的事情。

"真不像话!"一位拎着购物袋的大妈破口大骂着,"这种人就应该进监狱去!"

"人们能指望一个管理员有多大能耐呀!"一位脾气暴躁的家伙用带鼻音的声音说道,"在其位就得谋其职呀!而他都干了些什么呢?把动物都放走了——那可是全部动物啊!"

汉斯的脸都变得煞白了,咬紧牙关死死地盯着窗外。刚好这时候有一位老爷爷上车了,正四处张望找着座位,汉斯马上跳了起来,说道:"老爷爷,您请到这边坐吧!"

"真是个乖孩子。"老爷爷表扬他道。

于是,兄妹俩走到了车的后面,在那儿就他俩。这时,汉斯终于可以将自己心中的怒气释放出来了。"我不是什么好孩子,"他说道,"再也听不下去他们这样来诋毁爸爸了,说得好像是他拿钥匙当儿戏故意弄丢了似的。"

"还有那个看报纸的家伙!"露朵说道,"他们根本就不知道爸爸要做多少工作,那可是几乎所有的活儿呀,一天的工作中就有好几次得面临着危险:当河马生宝宝

国际大奖小说

的时候是爸爸一整夜守在旁边看护着宝宝;就在长颈鹿吃坏了肠胃的时候,又是他大半夜地奔波去请医生;有一次被老虎袭击了,他一个星期都得在床上躺着,从头

Der Tiergarten Reisst Aus

到脚全绑满了绷带。"

"就是呀,"汉斯愤怒地说,"而那些整天无所事事坐着看报纸和就知道去买牙刷和卫生纸的人,又怎么会知道这种辛苦和危及生命的工作呢?他们只会张着嘴说:'还指望一位动物管理员能做什么……'的话。"

汉斯想把眼泪止住,可是已经来不及了,两行愤怒的泪水顺着被太阳晒黑了的脸颊滑了下来。

露朵惊异地看着哥哥这个样子,小心翼翼地不再说话了。汉斯都哭了,那就意味着事情已经很严重了……她一声不吭地把手伸进了口袋里掏出手帕递给了哥哥。

"如果早知道会这样,"露朵想了想小声地说,"如果早知道事情会变成现在这样的话,我就应该跟你们说了,至少先告诉你,哥哥。"

汉斯疑惑地看着她,说:"要告诉我什么?你到底在说谁?"

"就是昨天晚上偷钥匙的家伙……"露朵说道。

"什么?!"汉斯一把抓住了妹妹,像摇着拨浪鼓似的,"你知道是谁?你认识那个家伙?是谁……在哪里……"他激动得几乎说不下去了。

露朵接着说:"根本就没有什么家伙!你也认识它,我们都还很喜欢它呢!"

"什么?"汉斯大声喊道,"我还会喜欢它?我想,你是不是说胡话呢?!"

"没有,"露朵肯定地说,"我清醒得很。不信你摸摸我的额头!"

汉斯摸了摸露朵的额头,接着不耐烦地催她把话说完:"那你说说到底是谁。"

"是彼博!"

"彼博?"汉斯不相信地看着妹妹,就好像在这一刻她说的完全是梦话一般。

"对,就是彼博。好吧,哥哥,现在我就原原本本地把全部经过都告诉你吧。昨天晚上你不是在刷牙的时候问我到哪里去了那么久吗?那时我刚从猴园回来。我在那里的长板凳上坐了很久,把那本书看了一遍又一遍。当天黑了几乎什么都看不清的时候,我抬头看见在猴园另一边的栅栏上居然有只猴子在爬上爬下的,身子的大部分都已经在笼子外面了。你猜是谁?那就是彼博!我马上跑到了跟前,把它吓了一大跳,然后我就狠狠地教训了它一顿,并且警告说以后再不许这样了……"

"你当彼博真会听你的话呀,"汉斯嘀咕着,"你又不是不知道,它甚至连布鲁斯爸爸和贝拉妈妈的话都不听!"

他为妹妹做出这么愚蠢的事情而生气。"然后那本书呢?"过了一会儿,他严肃地盯着她,恼火地问道,"今天早上我没看见它在书桌上呀……"

"那本书……被我落在长板凳上了,"露朵结结巴巴地说,脸涨得通红,"而动物们把它拿走了……"说完她长叹了口气,而汉斯也无奈地看着她,一脸的闷闷不乐。

"露朵,你真笨。"他说道。

露朵只能乖乖地点着头:"对不起,哥哥。"

俩人都不再说话了。

过了一会儿,露朵胆怯地问哥哥:"那你还会狠狠地揍它一顿吗,当它从监狱里出来的时候?"

"谁?彼博吗?当然不会。我从来不打猴子。再说了,人们也不会把猴子关进监狱里去的。"他皱着眉头看着窗外一闪而过的房屋和树木。

"来,"他说道,"我们下车吧。"

国际大奖小说

第四章

市长的决定

市长的家是一幢很漂亮的别墅,坐落在宽广又葱郁的花园里。早晨的天气很暖和,花园里的玫瑰散发着阵阵芳香。

房子前停着一辆轿车,一位警卫在大门那儿来回地巡逻着。

"你觉得这会不会是警察局局长的车呢?"汉斯问道。

露朵跑到了司机跟前很有礼貌地问道:"请问,这是警察局局长先生的车吗?"

"当然,可爱的小姑娘,"司机笑着说道,"是谁告诉你的呀?"

"是您呀,尊敬的司机叔叔!谢谢您!"露朵向他友好地点了点头,然后跑回了哥哥的身旁。

"干得好!"汉斯说道,"我们现在必须尽快进去。警卫会不会让我们进去呢?他看起来似乎不像那么友善的样子!"

Der Tiergarten Reisst Aus

露朵看了看警卫,发现他让她想起了大褐熊心情不好时的样子。尽管如此,她还是尝试着问了一下:"您好,警卫叔叔……"

但是警卫根本就不想和她说话:"快走开!"

"我们必须马上见市长先生,我们有话对他说。"露朵意志坚定地说道,一点儿也没有被吓到的样子。

"哦?"警卫疑惑地盯着她,问道,"那到底是谁让你们来的呢?"

"是我们自己来的!"

"啊哈!是你们自己来的呀!"警卫凶巴巴地说道,"那就更不能让你们进去了。"

汉斯这时插了一句:"我们真的有很重要的事情和市长先生说。他要是知道我们是谁的话就会马上让我们进去了,一定会让我们进去的!"

"对!一定会让我们进去的!"露朵大声地附和着。

"一定不会!"这时,突然从大门后面传来了一个声音,"哪怕你们是神仙也没门儿,我爸爸正在开一个很紧急的会议呢!"

"我们根本不是什么神仙,"露朵说道,"我们是动物管理员胡姆莱的孩子。"

"真的吗?"这时,从门后面走出来一个小男孩,站到了汉斯和露朵的身旁好奇地打量起来,"关于昨天晚上的事你们肯定知道不少吧?那时肯定很吵对不对?"

汉斯灵机一动,说道:"我们当然乐意告诉你所有的一切,但总不能在大街上吧……"

"进来吧,"小男孩说着介绍了自己,"我叫彼得。"

警卫不情愿地站到了一旁让孩子们通过了,还满脸不高兴地嘟哝道:"彼得,这你可得负责啊。"

彼得领着他们到了花园,一路经过香味扑鼻的玫瑰花,然后他们坐到了一条长板凳上。

汉斯和露朵认真地看着彼得,这是很重要的,如果能把市长的儿子争取到和自己同一条战线上的话,那事情就算成功一半了。而且他们对彼得的印象也不错:晒得黝黑的腿上到处是抓痕,牛仔裤被裁剪到膝盖,裤脚散成了一缕缕的,磨损得很厉害,看起来像是经历了一场大厮杀——真正的淘气包呀!

从别墅楼上敞开着的窗户里突然传来了激烈的说话声。

"他们就这样争吵都一小时了,"彼得看了看上面,说道,"警察局局长先生想要对动物们开枪,我爸爸不同意。"

汉斯和露朵走近彼得。"如果人们开枪的话,那一定会发生不幸的。"汉斯说道。

"那是肯定的。"彼得赞同地点着头,"人们是不可以对动物动武的,只有用爱才能解决问题。这是奥古斯教

Der Tiergarten Reisst Aus

我的。"

"奥古斯是谁?"汉斯问道。

彼得吹了声口哨,门后面马上蹿出来一条大狼狗,扑到了彼得的胸前,把爪子搭在了他的肩膀上,直勾勾地盯着他,大口大口地喘着气,还兴奋地汪汪大叫着。

彼得扭过脸去,乐呵呵地说道:"不对不对,奥古斯,不是什么都可以舔的!"

汉斯和露朵看了看对方,会心地笑了。

"听着,彼得。我们一定得阻止警察局局长获得向动物们开枪的许可,"汉斯说,"必须证明给你爸爸看,人类是可以和动物和睦相处的。可爱的动物是很讨人喜欢的,只要人们能够正确地对待它们……"

彼得抚摸着奥古斯,若有所思地说:"但是爸爸不仅要为动物着想,还要保证市民们的安全呀。你们知道吗?作为市长,这对他来说真的是一个进退两难的抉择呀。"

这时,从房门后传来了声音,争吵的两人沿着花园的小道走了过来。其中一位很明显就是那位处于进退两难的市长先生,而另一位就是那留着大胡子一脸严肃的警察局局长。

协商已经结束了,但是两人并没有达成一致的意见。

"我实在是无能为力,尊敬的警察局局长先生,"彼得的爸爸说道,"对动物们的行为我感到很抱歉。但从孩提时起我就是反对动用枪支……或许我们可以用套锁把它们抓回来。"

警察局局长愤怒得说不出一句话,样子就像长时间待在水池底下的河马。他说道:"请您谅解,我也并不是

Der Tiergarten Reisst Aus

喜欢动用武力的野蛮的非洲酋长……"

"才不是呢!"露朵小声地对哥哥说道,"非洲的野蛮酋长都要比这家伙更理解动物!"

彼得把汉斯和露朵领到大门口截住了两位大人。"早上好,彼得,"市长说着从口袋里拿出了一些钱递到自己儿子的面前,"这是给你的!但是一天吃两份冰淇淋是不健康的……"

彼得仿佛没有看见钱,而是对着爸爸说道:"打扰了,爸爸。我们想和你谈谈,还有那位先生……"

"和谁?我们?"市长问道,这时他才注意到还有两张陌生的面孔,两个没有穿鞋的孩子正站在彼得的身边呢。

"他们是动物管理员胡姆莱家的孩子。"

"哦?"警察局局长说道,"他们就是不负责的胡姆莱家的孩子吗?难不成他们是来汇报所有的动物都已经乖乖地回到笼子去了?"

听到这话,露朵勇敢地走到了他的跟前,说道:"没有。动物们才没那么笨呢!换作是您,好不容易从监狱里逃了出来还会自愿回去吗?要是我,才不会呢!"

警察局局长看着眼前这活泼大胆的小女孩,一时间说不出话来。她居然冲着一位警察局局长问愿不愿意回到监狱里去!

"这简直是太放肆了!"他怒吼着,看起来像是要咬人。

彼得才懒得理他呢,径直走到了市长面前说道:"爸爸,胡姆莱家的孩子要比你们两个人了解动物多了……他们说人类是可以和动物友好相处的!"

"完全是无理取闹的废话!"警察局局长吼叫着打断道,"你们为什么不告诉我们,人类还可以和狮子进行谈判呢!荒唐!野生动物就应该被锁在笼子里,就是属于栅栏后面的。让它们肆无忌惮地在外面乱跑就会给市民们带来危险,就应该把它们全部枪毙——越快越好!"

市长先生弯下腰从小道上拾起了一条小青虫,并小心翼翼地把它放回到草丛里去。"到现在为止不是还没有什么危险发生嘛,"他不慌不忙地说道,"孩子们说的也不是没有道理的。"

"如您所愿吧!"警察局局长气得大胡子都直颤抖,"依我看,您就任由那群野蛮的动物到处乱跑吧!反正我的双手是经得起'清白'洗涤的,并没有做错什么。"

露朵完全不明白他们谈话的方式,一直在纳闷:人的手不是都用肥皂洗的吗?怎么可以用"清白"来洗呢?她还好奇地盯着警察局局长的手瞅了好久,并没有什么特别的呀!

"我建议这样吧,警察局局长先生,"彼得的爸爸最

Der Tiergarten Reisst Aus

后说道,"我们现在就开车进城里去看看,看动物们都待在哪里了。如果情况很糟糕,我就放手让您按您的方案去干。否则,我们就另做打算。"

于是,他们坐上了警察局局长的车。市长和三个孩子坐在车子的后面,警察局局长坐在前面,就这样出发了。当他们来到一条大街的十字路口时,看见大象正在那里挥动着大鼻子左左右右地指挥着交通呢。

"很管用嘛。"市长满意地笑着说。

接着,车子驶过了大街。突然,警察局局长让车停了下来。"您看那里,"他指着一家冷饮店说道,"难道您也认为这个很管用吗?"

在冷饮店里,两头大熊正坐在商店的桌子上,手里拿着蜜罐舔得津津有味,呼噜呼噜的满足声就是在大街上也能听得见。

"它们只是爱吃甜食的小馋猫罢了。"露朵歉意地说道。

"那么那边呢?"警察局局长生气地说着,指着马路对面的一家肉铺狠狠地呵斥道,"难道它们也是爱吃甜食的小馋猫吗?"

"不是……"汉斯说道,"老虎和豹是属于肉食动物一族的。"

商店的女主人,一个胖胖的穿白色围裙的女人,冲

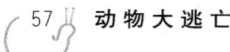

到了轿车跟前诉苦道:"我的那些货物啊!在商店的桌子底下还坐着两只狐狸和一只狼呢,它们吃光了我刚烤熟的香肠……"

随后,汽车转弯开进了一条狭窄的小巷,突然从远处传来了一阵刺耳的尖叫声。他们顺着声音开过去,刚好看到猴子们正在到处乱窜。

"它们到底在干什么呀!"汉斯暗地里对妹妹说道。

叫喊声从一幢老房子的二楼传来,那里的窗户敞开着,底下的石子路上还散着打碎了的盆栽。

在窗帘后面有一位穿着睡衣的老太太。她大声地叫道:"多么恐怖的早上呀!我一起来像往常一样做着深呼吸运动的时候,窗外就突然伸进来一个脑袋——我跟您说,这可是二楼呀,这是多么不可思议的事情——而这个脑袋居然还是猴子的,它们还把我的天竺葵盆景给吃光了!"说完,她又开始尖声大叫起来。

"这位老太太也太敏感了吧,"彼得肯定地说,"要是早上能有猴子来跟我说早安,那该有多高兴呀……"

"萝卜白菜各有所爱吧。"警察局局长把声音压低了说道,然后对司机吩咐道,"开到市场那边去吧,我想那里肯定是乱套了……"

他果然没有猜错。大象已经抛弃了警察的职位跑到市场来了,想在蔬菜摊上找点儿东西填饱肚子,而斑马、

Der Tiergarten Reisst Aus

角马、大袋鼠和其他别的动物也都跟着过来了。开始的时候大家还挺有秩序，表现得很有礼貌，可不到一会儿就全乱套了，篮篮筐筐都被撞翻了，箱子被翻过来顶在了头上，大象甚至直接把香肠摊的屋顶都给揭了下来。

警察局局长气得一句话也说不出来，只是用手指一个劲儿地指着这群捣蛋鬼。

"或许我们可以原谅大象，"露朵为她那笨重的动物朋友辩护着，"设想一下，您要是大象的话，也有着这么长的鼻子，把香肠商店的屋顶揭开也就在所难免了啊……"

"我绝对不允许这种情况出现！"警察局局长大声喊道，脸气得通红。汽车忽然来了个急刹车停住了。司机说："前面出现交通堵塞了。"警察局局长马上从车上跳了下来，朝挡在车子前的队伍走过去。"看来我们又来对地方了！"他挖苦道。

三个小孩儿赶紧跟着从车子里往外挤，只见所有来自动物园的双峰驼和单峰驼们排成了一列，正在玩儿着沙漠之旅的接力游戏呢！汉斯和露朵马上跳下车跑到它们的跟前。"快走！好好儿听话，亲爱的骆驼宝贝们。"露朵说着抚摸起第一只骆驼的膝盖来，毕竟高的地方够不着了。"快离开这里——乖乖，听话！"

瞧！骆驼们果真抬起了被抚摸的腿开始慢慢地挪动

起来了。

胡姆莱家的孩子们欣慰地回到了车上。但这会儿,警察局局长又发现了新状况。

"开到那边去看看。"他对司机说道。

冰淇淋店的门前围了很多人。

"发生什么事了?"市长问道。

"售货员晕倒了,"一位先生说,"就在她刚刚为顾客服务的时候,她面前一下子蹦出来一只北极熊,冲着她伸手去抓冰冻甜品。售货员被吓晕了……"

汉斯和露朵跑进冰淇淋店想去看个究竟。这回彼得也跟着一块儿去了,当然背后还跟着他的爸爸和生气的警察局局长,毕竟大家都不知道在北极熊身上会发生什么……售货员正横躺在商店的桌子上,一只手还搭在香草冰淇淋里,另一只手搭在了覆盆子的甜品上。"当她醒过来的时候还可以舔干净呢。"露朵羡慕地说道。

突然,从垃圾桶里蹦出了一个全身沾满咖啡冰淇淋的北极狐狸,它用尾巴搔着那个售货员的鼻子,想让她打喷嚏醒过来。

"您对这些怎么解释呢,市长先生?"警察局局长问道,眼神里闪烁着愤怒的火花。

彼得的爸爸叹息道:"我知道,这当然称不上有秩序,但也不至于构成枪杀理由。"

Der Tiergarten Reisst Aus

"您根本就不知道什么才是最好的方案!"警察局局长愤愤不平地说着,"这些猴子,一大群地闯进商店里在电梯上来回地窜,乱吼乱叫着,还把玩具都顶在头上骑着摇动的木马、吹着喇叭……"

"它们还在那里吗?"彼得激动得两眼直冒金光,"说不定它们还会踩着滑板和火车赛跑呢!我要去看看……"

彼得刚想离开就被爸爸叫住了:"站住,彼得!你们三个小孩儿现在有更重要的事情要去做。你们得到动物那边去说服它们,让它们知道,我同意它们继续留在这里,但是它们必须听话,也就是说,既不能撕破东西,也不能乱咬货物,不能再有售货员晕倒,也不能再出现交通阻塞;任何动物都不能偷东西,猴子在电梯上也不能乱窜等等。你们明白我的意思吗?"

"当然!"彼得感激地搂住了爸爸的脖子,露朵终于松了口气,而汉斯则不停地说着"谢谢"。

接着,他们三个小孩儿就嗖的一声跑走了。

国际大奖小说

第 五 章

动物劳动局

这时,动物们已经分散在城市的各个角落了。彼得向汉斯和露朵提议,首先得把动物们召集在一起,在公园来一次大集合。

"狮子要能叫几声就好了,"露朵说道,"那样的话,所有的动物会马上跑过来的,它们都听狮子的……"

"那就这样,你去找狮子,设法让它吼叫。"彼得说着从包里拿出了一张纸和一支铅笔,"我和汉斯就在这段时间里准备集合的事情。"

于是,露朵便出发去找狮子了。一路上她遇到不少动物,一个个都已经筋疲力尽,四肢伸开躺在石头路面上。这也难怪,长久以来,除了在笼子里跑来跑去外,它们就没有到过别的地方,但是现在要好几个小时用爪子在这石子路上行走,已经习惯了沙地的爪子肯定会痛得不得了。而且这高楼大厦和闪烁着霓虹灯的橱窗让人眼花缭乱,更令人生气的是,来来往往的人群逼得它们只

Der Tiergarten Reisst Aus

能待在火车站狭窄的人行道上,到处都是疾驰而过的汽车和嗖嗖飞奔着的摩托车,还有穿梭于那拥挤不堪的车流中的人群。最糟糕的还要数火车和公共汽车了,就连大象和熊这样的大块头动物都不得不对这不断叫嚣着的喇叭声避让三分。

但是天真的莲妮娜却一点儿也不怕,就像第一次进城来的农村娃娃,还以为汽车是和它一样有生命的朋友呢。露朵赶到这里时,它刚好高兴地跳到了一列有轨电车上。

"看,妈妈,它那些发亮的眼睛多好看啊!这么可爱的动物叫什么名字呀?"

"这并不是什么可爱的动物。"狮子王后告诉它,但是莲妮娜不相信。

"它在跑呢,妈妈,它还会说话。你听到了吗?"这时,电车发出了刺耳的鸣笛声,把莲妮娜吓了一大跳。它生气地发出呼噜的声音,赶紧跳下车躲到了妈妈的身后。

"这种事情也就只有人类能做得出来,"长颈鹿对狮子王后说道,"把像我们这样活生生的动物囚禁起来,却让这些危险的家伙肆无忌惮地到处乱窜。"

"我的天哪,"突然,狮子王后叫了起来,"莲妮娜又去哪儿了呀?这孩子都快把我逼疯了!"

长颈鹿抻长了脖子左右张望着:"我没有看见它。"

"它肯定在某个地方呢,"大袋鼠不慌不忙地说道,"放心吧,狮子不会那么容易丢的。"

"你可真会说,大袋鼠,"狮子王后一边说着一边着急地在楼房之间来回地找着,"你可以直接把孩子装进口袋里,这招可不是对所有人都管用的呀!"

突然,从后面一个半掩着的房门里传来了骚动的声响,还有许多小孩子的尖叫声。

"天哪!"狮子王后赶紧跑了过去,像一阵风一样闯进了那所房子,一眼就认出了自己那调皮又精力旺盛的女儿。果然没猜错,孩子们的尖叫声就是因为它引起的。当狮子王后通过走廊踏进院子的时候,就看见莲妮娜板着无辜的小脸蛋惊慌失措地坐在树底下。院子里的妈妈和孩子们都既害怕又生气地躲到了周围的房子里,从一个个敞开着的窗户往外盯着它看。

"莲妮娜,"狮子王后严肃地说,"给我重复一遍,妈妈和爸爸一路上是怎么教你的?"

"应该和人类保持距离,"莲妮娜委屈地说道,"但是妈妈,我觉得他们不会对我怎么样的。他们现在都不想和我玩儿,这是为什么呀?"

"因为他们害怕你!"

"害怕我?"莲妮娜吃惊地睁大了好看的绿色眼睛。居然有人害怕自己,还是人类——是爸爸妈妈所说

Der Tiergarten Reisst Aus

的所有动物里最危险的动物!莲妮娜皱着眉头做出了一副生气又委屈的表情,却骄傲地翘起了尾巴,第一次尝试着像爸爸一样迈出了架势十足的步伐,庄重而又威严。

国际大奖小说

狮子王后看到这些感到可高兴啦,这几个小时的自由意义真是太大了!一直以来,它们都在努力地想让孩子学会拥有狮子的威严魄力和肉食动物的贵族气息,但在笼子里却怎么也教不会它。现在,反倒是孩子自己在外面闯世界时依靠自己的力量就学会了。只见莲妮娜正轻轻地迈着充满霸气的脚步,尾巴竖得笔直笔直的……啊,它现在甚至连尾巴毛都竖起来了呢!

"莲妮娜简直和它爸爸是一个模子刻出来的!"狮子王后骄傲地向站在马路旁的长颈鹿炫耀道。

"它到底躲在哪里呢?"

"谁?狮子大王吗?在那儿呢!"

对面马路的两棵绿树之间竖立着一座纪念碑,是青铜铸成的德国大诗人歌德的塑像,碑底下还建着一块石基。歌德的双眼正炯炯有神地仰望着天空。他出生在很多年前的八月二十八日,而今天是八月二十九日,所以在碑底周围摆满了纪念花环。狮子大王正四处闻着这些花环,很显然它饿了,但花并不是狮子的食物呀!终于,它想起来了,它还有大臣呢!

"涅斯托,"它走到猴子跟前喊道,"大王我饿了!到底其他人都到哪里去了?"

"它们都在城市里溜达呢,"涅斯托回答道,"尊敬的大王,你只要吼叫一下,它们马上就会过来集合了!"

动物大逃亡 66

Der Tiergarten Reisst Aus

"说得对!"说着,狮子大王把前爪搭在了纪念碑上,张开嘴巴吼叫起来。

"好极了,"已经在附近徘徊了好久的露朵高兴地说,"狮子大声吼出来就对了!"

这一声吼叫有力地穿透了整座城市。

猴爸爸布鲁斯抬起了头:"这不是狮子大王在吼叫吗?"这时,它正站在镜子前转来转去地自我欣赏呢。从百货商店的玩具部出来后,它就无意间闯进了这个男士试衣间,并在这里发现了一顶很漂亮的圆顶硬礼帽和一条有红色条纹的黄色领带,还有一根优雅的拐杖。其实它更喜欢那根用象牙做的拐杖,但是它不想伤大象的心——大象要是知道了人们用它那漂亮的牙齿来做这个的话,肯定非常生气。猴妈妈贝拉也在女士试衣间里找到了一些好玩儿的东西:一顶上面镶嵌着水果的草帽和一把带蕾丝花边的伞。但是对于贝拉妈妈来说,孩子还是远远比这些虚荣的东西重要多了。于是它跑到了玩具部陪着彼博,在这里,小家伙既荡秋千又骑三轮车,还在上面耍起了杂技,就像表演大师一样把那些布娃娃、泰迪熊和橡皮球耍得让人眼花缭乱,根本不需要贝拉妈妈担心。就在这时,猴爸爸布鲁斯进来了,喊道:"大家都停下!狮子大王召唤我们了!"

于是,猴子们都极不情愿地离开了百货商店,已经很久没有像今天这样玩儿得那么尽兴了。在离开的时候作为弥补,它们都随身带上了一些东西。循着狮子大王的吼叫声,猴子们列队走在大街上,看起来就像是狂欢节的队伍。走在前面的布鲁斯戴着那顶圆顶礼帽,系着领带,优雅地挥舞着拐杖。随后跟着的猴子们有的拿着各种各样的乐器奏着乐,有的戴着彩色的纸帽,有的化装成非洲人,有的系着格子围巾,有的顶着从运动专卖店里拿来的滑雪帽。彼博抱了一个像它那么大的猴宝宝玩具走在后面,它还给莲妮娜带了礼物——一只漂亮的气球,准备给它系在尾巴上。

"狮子大王在召唤呢!"这时,从市场的菜摊上出来的斑马、骆驼、美洲驼和其他许多动物也相互转告着。它们一个个都吃得很饱,只能跟在笨拙的大象后面慢腾腾地挪动脚步,甚至连爬行动物都能赶得上它们。

其中,一只年幼的小乌龟嘴里边啃着一大片鲜嫩的生菜叶子,边对乌龟妈妈说:"妈妈,我们在动物园里从来都没吃过这么新鲜的蔬菜啊!"

"吃东西的时候不要说话。"妈妈生气地嘟哝道。

狼、狐狸和鬣狗也都竖起了它们灵敏的耳朵,说道:"大家注意!狮子大王在召唤我们了!"

老虎津津有味地舔了舔嘴巴,对豹子说:"这肋排肉的味道真是超级棒!毕竟自己拥有的和别人给予的就是

Der Tiergarten Reisst Aus

不一样,简直就是天壤之别啊!"

接着,它们也依依不舍地离开了铺着白色瓷砖的肉铺。尽管大家都已经吃得很饱了,可是墙上还挂着很多,可惜的是,现在这些还没来得及吃的美味烤肉和骨头都得留下来了,因为狮子大王在召唤它们了。

当动物们全部来到歌德的纪念碑前集合时,大家才发现队伍里少了大灰熊。"它到底在哪里?"狮子大王生气地问道,并让鹦鹉去找。

鹦鹉很快就回来了,扑哧扑哧地拍打着翅膀。"那只熊啊,"它呱呱地说着,"正躺在自己的熊皮上呢,还像一只猪一样打着呼噜。我已经用嘴巴把它啄醒了。它马上就来了……"

这时,大家听到了一阵低沉的吼叫声,不知道是哼着小曲或是嘀咕着什么……接着,熊就出现在角落里了。它居然喝醉了!原来,除了在冷饮店里吃了一罐又一罐的蜂蜜外,它还喝了蜜酒。现在,醉得稀里糊涂的它正到处想找人拥抱呢!

"你这头大笨熊都干了些什么呀!"狮子大王气势汹汹地责备熊,"才大清早,你就躺在了熊皮上,还喝得酩酊大醉,你这个样子和愚蠢的人类还有什么区别呢!"

可是大笨熊完全没有悔改的意思,两只发红的眼睛迷蒙地看着狮子大王说:"老……老……老兄!我……我……我还以为那是果汁呢!"说着敞开了双臂想拥抱狮子大王。

"放肆,"狮子大王生气地对它说,"谁是你老兄!一身酒气的家伙!"

"好……好……很好。"熊小声地答应着,转身来到旁边的动物队列里,冲着大象又开始说起来,"我……的……老……兄……"可是话还没说完就跟跟跄跄地绊了一跤。这时,大象一下子用大鼻子把它卷了起来,吃力地朝上举。再也没有比一头熊更重的了,它简直就像一块沉重的大石头。

"现在该怎么办呢?"狮子大王向它的大臣问道。

这时,露朵鼓起勇气走到了狮子大王跟前,说道:"如果你不反对的话,我们现在去公园吧。"

"我同意,"狮子大王大声地对大家下令道,"那就去公园吧!"

队伍前进了。

"莲妮娜又跑哪里去了呀?"狮子王后喊道,"这孩子,简直要气死我了!"

"莲妮娜!"狮子王后大声地呼喊着,"你藏在哪里了?"

"它在这儿呢!"鹦鹉从纪念碑的高处飞下来说道。当它坐在诗人的肩膀上的时候,莲妮娜就蜷缩在诗人的膝盖之间。太多的自由反而把这孩子给累坏了,这会儿筋

Der Tiergarten Reisst Aus

疲力尽的它躺在了人们送给诗人的生日花环里面睡得正香呢,还梦见了花环在自己脸上转着圈,上面的叶子挠着鼻子很痒,所以做着梦的它不禁皱起了那小小的狮子鼻。大象放下了熊,伸出鼻子来到了歌德塑像的膝间,把熟睡中的莲妮娜卷了起来,并把它举得高高的,温柔地来回摇晃着,就算是作为对这孩子让妈妈这么担心的惩罚了。

公园里很大一片的绿荫上盛开着各式各样的鲜花,还有郁郁葱葱的老树。在阳光的照耀下,宽阔的池塘表面泛着光。海豹洛比尔、河马还有它的孩子们都舒舒服服地躺在了池塘里。终于还是回到水里了,就像是回到了家一样舒服。狮子一家径直走到了咖啡馆,坐到了彩色条纹的花园伞下面。露朵不动声色地在桌子旁坐了下来,等着汉斯和彼得过来。

"我马上叫来服务员,"涅斯托说着就喊了起来,"服务员!"

"妈咪,"莲妮娜问道,"我可以吃一个巧克力冰淇淋吗?"

"不可以,"狮子王后说道,"你吃这个不合适。狮子是不会对像巧克力这么没有品位的东西感兴趣的。你看看那只大笨熊,就是吃甜食吃的……"

服务员手里拿着餐巾出来了,看见眼前这一群奇怪的客人后,吓得目瞪口呆,战战兢兢地问:"请问想来点儿什么吗?"

这时,莲妮娜已经把菜单撕破了,正用锋利的牙齿啃着桌子,桌边上留下了一道道牙印。

"给我来一根羊肉棒。"狮子大王说道。

"对不起,"服务员结结巴巴地回答,"午餐得等到十二点才开始供应,现在肉还没有煮好呢!"

"就是要生的。"当看见狮子大王皱起了眉头,涅斯托连忙焦急地对服务员耳语道。

"我最好自己去冰箱里找。"狮子王后说着,马上就消失了,颤抖的服务员随后也跟着走向了厨房。"爸爸,"莲妮娜还是想尝试一下,"求求你了,爸爸!我想吃巧克力冰淇淋,可以吗?"

"不行,"狮子大王说道,"你没有听见妈妈是怎么说的吗?这不是给狮子吃的!打消这个念头吧,孩子,来,我们点个肉排吧!"

这时,就像所有忠诚的仆人爱护主人家的小孩儿一样,涅斯托已经跑到了厨房里拿着一大杯的巧克力冰淇淋回来了。

"吃吧,莲妮娜,"它悄悄地说,"但愿你爱吃。涅斯托叔叔的手都冻僵了。"

当爸爸妈妈津津有味地吃着肉,牙齿啃得咯吱咯吱

Der Tiergarten Reisst Aus

响时,莲妮娜试着舔了一口巧克力冰淇淋。果然不是给狮子吃的,味道简直糟糕透了!它闷闷不乐地勉强把吸管舔干净就不想再吃了。

"我们怎么说来着,你呀,不听老人言……"狮子大王把最后一块肉吃完,把嘴边的毛舔干净,惬意地瞅了一眼阳光,正准备温和地对莲妮娜开始长篇大论的教导。

"爸爸,快看谁来了!"莲妮娜说着轻松地蹦到了桌子前。这时,汉斯和彼得走上前来。

"你好吗,狮子大王?"汉斯说道,彼得因为是生平第一次这么近距离地与狮子面对面站着,不禁充满敬意地保持着好几步的距离,一句话也说不出来。

"他是谁?"狮子大王心情很好,朝彼得摆了摆尾巴问道。

"这是彼得,"露朵介绍道,"他的爸爸是市长,是一个很厉害的人物。"

"当然没有你那么厉害了……"彼得终于回过神儿来接上了话。

狮子大王被恭维得乐开了怀,说道:"坐!"然后它轻声地问道:"我给你们也点一份生羊肉棒吗?"

孩子们赶紧客气地回绝了,都坐到了桌子旁,却还没有说话。

接着,汉斯说话了:"我发现,你们很喜欢待在这里呀!"放眼望去,绿油油的草地上,斑马、羚羊正在四处地散着步;树底下,鹦鹉和猴子们一起坐着;在灌木丛中待着狐狸和獾;而在池塘那边,鳄鱼和河马带着它们的孩子在游泳。

"是啊。"狮子大王点头说道。

"在街上的感觉不舒服吧?"汉斯礼貌地问道。

"谢谢你的关心,"狮子王后也礼貌地回答他,"毕竟是不习惯大城市里的交通,尤其是对孩子们来说,这些都太累了!"就像所有很乐意参与大人们谈话的小孩儿一样,聪明的莲妮娜马上插嘴道:"一个来路不明的家伙还朝我后面喷火呢!"

"闭上嘴!"它妈妈说,"没有人问你,莲妮娜!"狮子王后觉得女儿无知到连火车都不认识,这令它在孩子们面前显得很尴尬。

这时,涅斯托说道:"我希望你们亲爱的爸爸并没有因为我们的不辞而别而感到不高兴。"

"噢,他怎么可能不生气呀!"汉斯反驳道,"他不高兴得很呢!警察把他的裤子都没收了!"

"真抱歉,"狮子王后说着轻微地摆动着尾巴,真诚地表示歉意,"我们真的很抱歉!你们的爸爸是一位尽职的管理员,我们都很喜欢他,会永远想念他的。"

狮子大王也点着头,两只前爪子交叉着搁到了格子餐布上。汉斯也深深地叹了口气。

露朵坐在桌子旁边沉默了很久,胖乎乎的脸蛋上写满了思考,突然她回过神儿来对哥哥说:"哥哥,你看见熊了吗?它喝得烂醉如泥呢!你就不打算说些什么吗?"

"对啊,"汉斯点了点头,说,"这真是岂有此理!是谁允许它喝酒了?是你吗,狮子大王?"

狮子大王当然不愿意回答这么带有侮辱性的问题,

它觉得这是有损于狮子尊严的。涅斯托连忙代替大王出面,生气地吼道:"你们怎么可以这样想呢!"

汉斯说:"我觉得这头喝醉了的熊真是干了一桩大蠢事呀。我们在市长面前承诺过你们不会做出任何愚蠢的事,要不然人们就会开枪了!"

"开枪?!"这不禁让狮子大王想起了很久之前在沙漠的时候就曾经碰到过猎人,那时它还是个自由自在的小狮子,它的一位叔叔就在那个时候被杀死了。每当想起这些,它就禁不住不寒而栗起来。

终于,大家还是把话题转到重点上来了。彼得像他爸爸在政府会议上做报告一样清了清嗓子说:"尊敬的狮子大王,你将来要操心的不仅是不能再让熊喝醉了,最重要的是还要让你的动物们乖乖地听话,不要再做出让人们抱怨你们的事情来了!假如你们希望今后在这里自由自在地生活而不被人们打扰的话,就应该做到不去打扰人们!"

"那是当然。"狮子大王镇定地说,就像一位睿智的小学校长正在处理孩子们的恶作剧一样,一点儿也不担心,"那我们就禁止猴子们在电梯上乱窜,不过说得好像你们人类就不会偶尔胡闹一下似的。"

"胡闹一下是可以,"彼得说,"那么偷东西呢?"

"怎么?"狮子大王惊讶地说,"我们动物偷东西了吗?

Der Tiergarten Reisst Aus

噢,那个呀……"它马上看到了彼得指着的那些光顾菜市场和在肉摊上胡闹的动物们,于是它不耐烦地把爪子搭到了桌子上,说道:"如果不偶尔弄点儿吃的,你让我们怎么活下去呢?我们总不能饿着肚子吧?!"

"当然不是让你们饿肚子,"彼得说道,"但是你所说的'弄点儿吃的'在我们看来是偷的行为。这是人类不允许的,人与人相互之间也不会这么做的。"

"不会吗?"狮子大王激动地说,"那当人类想吃东西时,他们怎么办呢?"

"工作。"

"噢,工作呀。"狮子大王和王后吃惊地说道,"但这对我们来说是不可能的呀。"

"为什么不可能呢?"彼得问,"你们工作起来也许比人类还要好呢!"

狮子大王不高兴地低下了头。这时,汉斯直接跑到它跟前说道:"实际上你已经在工作了呀!你们待在动物园里让大家观赏你们,这本身就是一种职业了。在那里,人们可以照顾你们、喂养你们。但是自从看了那本书之后,你们就不再满意那样的生活了。那样的话你们就干脆往别的方面想吧,去换一种职业也好。在人类社会里也时常发生这种事情的呀……"

"这个嘛,"狮子大王小声说道,"在我们动物看来事

国际大奖小说

情可没那么简单。就我个人而言,老实说,我根本就想不出一个适合我的工作,或是适合我的妻子和孩子的,或许除了能担当吓唬小孩儿的角色外。如果有母亲这样说:'如果你不听话,我就叫狮子过来了啊……'然后我就过去,或许还能吼两声呢!怎么说我的吼叫声还是挺管用的……"

说着,狮子大王若有所思地看着远方。露朵惊讶地盯着它,说:"狮子大王,你不会是当真的吧!担任吓唬小孩儿的角色?!关于这个你可是从来没有提过呀!"

"当然不是!"狮子王后叫道,"它只是开了个愚蠢的玩笑罢了。"说着暗地里用尾巴拍打了一下狮子大王的屁股。"你这个白痴。"它小声地说。

"但是我真的想不起来还有什么工作了呀。"狮子大王辩解道,"要不我去当放羊的?"

"你真的要去吗?"彼得激动地说,"当我爸爸还是农民的时候,他也放过羊,还养过鹅、山羊和猪呢!在我们人类社会里有一句这样的古话:劳动光荣!"

于是,狮子大王陷入了沉思。它趴在爪子上,闭上双眼静静地思考。直到过了一刻钟,当大家都以为它已经睡着了,它才重新睁开眼睛,伸展开四肢,抖了抖身上的鬃毛,伟岸地站在了孩子们面前,说道:"我们动物绝不允许别人在背后议论我们懒或是爱偷东西!从明天起我

Der Tiergarten Reisst Aus

们就会创办一个劳动局!你们转告市长吧:人类的工作要是需要动物帮忙的话可以来找我们,人们可以租借动物,但是必须好好儿对待动物,给好吃的,并记得把它们归还回来。最好我们还可以得到一些额外的食物……"

"太棒啦!"彼得说,"我要为你的想法喝彩!或许你从中就会找到自己喜欢的职业了……"

"当然,"狮子大王说道,"我将是劳动局的办公室主任,专门负责照顾没有工作的动物。"

国际大奖小说

第六章

劳动局里好热闹

劳动局里人来人往,大家都忙得热火朝天。露朵一声不吭地坐到了角落里,安静地观察着狮子大王是怎样和人类打交道并把它的动物出租出去的。只见狮子大王坐在涅斯托和狮子王后中间,摆在它面前的是一张宽敞的办公桌,桌子上的两部电话机响个不停。

"再这样下去,我的脑袋都要爆炸了!"狮子大王诉苦道。

在办公桌上还摆放着一本厚厚的登记册,涅斯托在上面一一记录了岗位出租的情况,工工整整地写清楚了哪个动物哪天在哪儿担任了什么职位。办公室秘书——一头年轻的羚羊优雅地在桌子和门口来来回回地穿梭着,报告来访的人,他们都在门外等候着和狮子大王面谈。

"一位叫克劳克夫的园丁在外面等着呢,"羚羊说道,"他请求您尽快召见他……"

Der Tiergarten Reisst Aus

"为什么那么着急呢?"狮子大王问道,"人类总是急性子!他很忙吗?"

"不是这样的,但他说,如果不快点儿的话,园子里的醋栗就会熟透了从灌木丛上掉下来的。"

"带他进来吧。"狮子大王说。

这时候电话响了。涅斯托拿起话筒:"这里是动物劳动局。请问有什么事?不是,但它现在不能说话,它的脑袋爆炸了。"

"胡说八道!"狮子王后小声地嘟哝了一声,从涅斯托的手里接过了话筒,温柔地对着电话说,"请您等一下,我现在就去叫主任来接电话。"

狮子大王的脸上写满了不情愿,它拿过话筒贴在了耳边,它本来就不喜欢打电话:"喂,什么事?"它连喊了好几声。

"什么?不行,我们的熊正忙着呢,都被雇佣去跳舞了!什么?浣熊吗?绝对不行!浣熊已经被别人预定三个星期了。不行,我再说一遍:我们现在不能为您提供熊,真抱歉!但您还需要别的服务的话……鳄鱼吗?在,正闲着呢……"

就在狮子大王接电话这会儿,羚羊把园丁克劳克夫领了进来。他恭恭敬敬地朝狮子大王鞠了个躬,然后在办公桌前的沙发上坐了下来。突然从纸篓里传来沙沙的响声,原来一只年幼的獾住在里面,并对他说自己是办公室的勤杂工,可是他一整天除了在纸篓里簌簌作响和惹客人生气外,别的活一点儿也没干过。

"您好,克劳克夫先生!"獾从纸篓中探出脑袋来悄悄地说,"家里花菜长得好吗?其他的菜也不错吧?希望收成都好……"

"安静点儿,小捣蛋鬼。"狮子王后严肃地对它说。于是,小獾咯咯地笑着缩回纸篓里面去了。

这时候,狮子大王转过脸来,对园丁说:"您好,克劳克夫先生!愿意为您效劳。您需要点儿什么呢?"

"我想……"他刚要说,电话铃又响了。狮子王后拿起了话筒,马上又把它递到了狮子大王的面前,"渔场主——他想和您本人说话。"

"好的,我马上来。"狮子大王叹了口气,接过电话,"喂?喂?什么?啊,好的,要找帮忙捕鱼的是吧,马上就为您提供。我们这里有海豹、企鹅,还有北极熊,都是超级棒的捕鱼能手,强烈地向您推荐它们呀。另外,鹈鹕也是可以的……好的,当然可以。渔场主先生,您尽管过来挑吧!"

说完,它把话筒扔回电话机上,擦了擦前额,说:"真是宁愿听到一群水牛叫都比听这一直响个不停的电话强呀!"

Der Tiergarten Reisst Aus

它放低了声音回头说道:"好的,克劳克夫先生……"

"我是一名园丁,"克劳克夫先生说道,"我想要……"

可是这时候,电话又响了。

"我要疯了!"狮子大王吼道。

"找你的。"狮子王后面无表情地把电话递了过去。

"什么?你是谁?卡塔丽娜学校?找谁?狼吗?好的好的,你们可以租走它。你们要它来干什么呢?——啊,那样真是太好了,它肯定可以干得很好的,它最擅长表演了。"

涅斯托从狮子大王激动得发抖的手中接过了话筒,听着狮子大王的吩咐:"记下来,卡塔丽娜学校让狼过去演童话剧《小红帽》。明天一大早让它过去彩排吧。"

它再一次转回到了办公桌前:"您请说,您刚才说什么来着?园丁先生?哦,是洋白菜先生对吧……"

"错了!我是叫克劳克夫!虽然德语中'洋白菜'的发音和'克劳克夫'相同……"克劳克夫先生说道,"我是一名园丁……"

"当然!真对不起——这该死的电话都把我给搞糊涂了。您请说,克劳克夫先生,您需要……"

"……长颈鹿去帮我摘葡萄之类挂在树上的果实。自从去年从梯子上摔下来后,我现在都不敢往上爬了

……"

"可是,长颈鹿现在被装修队雇走了,"狮子大王翻阅着登记册说道,"帮忙挂窗帘去了,他们都对它很满意呢。所以得等到周四以后才有空,您可以到那时候再找它。"

"要是挂在树上的梨也能等那么久就好了。"

"打扰一下,"涅斯托插进来说,"您为什么偏偏要找长颈鹿呢?猴子就不行吗?它们可是天生的爬树高手呀!"

"还是不用了,"克劳克夫先生难为情地说,"我觉得猴子不够规矩,还是等长颈鹿吧。"

克劳克夫先生又问起是不是还可以租借几只鸟去帮他清理一下地面上的小昆虫,因为花园里这些年来都爬满了毛毛虫。

涅斯托把所有的要求都记在了本子上。"条件您都清楚吧,克劳克夫先生?"它问道,"只要动物在家里工作,就要好好儿地对待它们,并给予最好的照料。还要按收费表来缴纳租金啊。"

"那是当然,"克劳克夫先生说道,"但是我很想知道,你们要这些钱来干吗呢?比如说长颈鹿吧,它赚的钱用来做什么呢?"

这时候,门外传来了一阵骚乱声,贝拉怒气冲冲地

Der Tiergarten Reisst Aus

闯了进来,显得无比激动。羚羊沮丧地在它身旁来回地蹦着喊:"我实在是拿它没有办法了,都已经跟它说了必须得先登记!"

"胡说!"贝拉气喘吁吁地说,"闭上你那张羚羊嘴吧!莲妮娜突然跳到了水池里,把河马宝宝们吓了个半死,怎么就没见它先登记!"

"无所谓,"狮子王后镇定地说,"就让它这样子吧,毕竟游泳有益于健康。"

"但是对河马宝宝来说就有所谓了呀!"贝拉哭诉道,"那孩子被吓得呛着了自己,空气从错误的管道进入了身体,弄得现在它还在不停地咳嗽呢。它的妈妈都被气坏了!"贝拉双手叉着腰生气地说:"你们家的莲妮娜实在太野蛮了,我简直是拿它没办法。"

"它就应该是这样子的,"狮子大王说道,"这些天来它变得有魄力多了。真是要对你赞不绝口呀,贝拉,我们再也找不到像你这么出色的幼儿园老师了……"

贝拉被这么一说,马上忘记了自己是来告状的。它会心地一笑,说道:"其实我也挺喜欢你们家小莲妮娜的。"它坦诚地说:"它对我们家的彼博挺好的,两人相互喜欢到恨不得要把对方吃掉了呢。另外,说到吃啊,我们要进新粮食了。仓库里的粮食只勉强够今天和明天吃了。洛比尔还让我告诉你们,鳄鱼那家伙放肆得不得了,它把整个池塘的鱼都吃光了!"

"是呀,"狮子大王叹气说道,"鳄鱼真让我担心啊!它太能吃了,所以到现在都没有人愿意聘请它……你怎么看呢?"它转过脸对妻子说:"我们难道就不应该问一下大百货商店,看看他们愿不愿意让它在橱窗里待几天?或是去给小丑剧院做做宣传,或是去当毛绒玩具也好呀……"

贝拉走出去之后,狮子王后对园丁克劳克夫说道:"现在您知道我们要钱干什么了吧。要去买吃的,要抚养那些没有工作的动物——有的是因为还太小,像我们的孩子;或是完全不适合工作的,像鳄鱼和臭鼬。"

园丁走了,这时候电话又响了。

"迟早有一天我要把这个东西吃掉!"狮子大王朝着电话机吼道。

"亲爱的,还是不要吧。电话的味道可不见得美味呀!"狮子王后说着拿起了话筒。原来是一位木工师傅提出申请,想要两只海狸去帮他加工木材,并且想知道它们会不会制造模型。狮子王后不大清楚这方面的事情,所以建议他亲自去问海狸。当然,它还不忘告诉他,对于艺术的工作,比如说制造模型,收费是要比简单的木材加工费用高的。

涅斯托这会儿正在接着另外一个电话。那是一家叫

国际大奖小说

"里欧"的热带水果商店打来的。商店经理想在橱窗里建一个原始森林的艺术品:用硬纸板做成棕榈树,里面还有用铁丝和纸板做出的各种富有艺术气息的兰花,并在树上摆上真的水果,像椰枣、无花果、香蕉和凤梨……在讲这些的时候可把老涅斯托馋得直咽口水。为了引起人们的关注,经理里欧先生想雇用一些猴子和几只鸟来活跃气氛。

"没问题,里欧先生。"涅斯托说,"您的商店到时候一定会生意兴隆的……人们肯定都会争先恐后地挤向橱窗的……我会帮您找几只颜色最好看的鸟。六只猴子和四只鸟是吧,好的,已经都登记好了。"

这时候,羚羊已经很不耐烦地来回在办公桌前蹦了好长一段时间了。"两个小毛孩正在外面等着呢,"它报告说,"让他们进来吗?"

说着,两个十二岁的男孩在它的引领下走了进来,他们并没有坐到沙发上,而是走到了狮子大王面前。

"我们想要租一只刺猬——就租一个下午。"其中一个说道。

"你们究竟用它来做什么呢?"狮子大王怀疑地看着两人,它觉得这两个小孩儿有点儿不对劲儿。

"这个你就别管了,"其中一个大大咧咧地说,"我们就是要租它。"

动物大逃亡

Der Tiergarten Reisst Aus

但是狮子大王捋着胡须,说:"这个我可不能不管。如果你们是在生物课上用的话,我就可以把它租给你。但假如你们这些捣蛋鬼是想用它来进行一个恶作剧的话……"

"你怎么知道的?"小男孩一时被说糊涂了,脸变得通红。

"啊哈!"狮子大王觉得自己越来越聪明了,"果然和我料想的一样啊。好吧,快从实招来吧,你们打算拿刺猬来做什么?"

"我们想把它放在数学老师的沙发上好好儿地扎她一下。我们的数学老师真是——你都不知道,简直就是……"

"这个我不感兴趣!"狮子大王打断了他的话,"你们要是想捉弄数学老师的话,那就赶紧打消这个危险的念头吧。我们是不会把刺猬租给你们的!"

"蛇也不可以吗?我可以把它放在姐姐的床上……"第二个男孩惊讶地说,"只要很小的一条就好了!姐姐最怕蛇和老鼠了——到时候她肯定会害怕得尖叫起来的!"

"蛇不行,老鼠也别想!"狮子大王怒吼道。

两个男孩拉长了脸走了出去。

"居然还有这样的事!"狮子大王气呼呼地说,"羚羊,以后不要再让这样的顾客进来了！还有人在等吗？"

"有，一位胖胖的先生和一位瘦瘦的女士。"

"那就女士优先吧。"狮子大王彬彬有礼地说。

羚羊刚把瘦瘦的女士领进来，她就立刻滔滔不绝地开始了长篇大论："我叫哈波儿，是一位家庭主妇。我想租用一下袋鼠，并带它去市场，这样我就不用提手袋了。而且我还有一只小狗，它叫马克斯，我到哪儿都会带上它的，它要是中途累了，我也可以把它藏到袋鼠的口袋里，这样一来就方便多了。在做家务的时候，我会在袋鼠的尾巴上绑上扫帚，这样它就可以把地板打扫干净了。说到打扫，我还想雇用一只鸵鸟，它够高，这样的话就可以把橱柜和灯罩擦干净。我还想雇用一只孔雀来洗碗，因为洗碗盘时必须很小心……"

"等一下，尊敬的哈波儿女士！"狮子王后打断了她的话，"我们的孔雀肯定是不可能答应去帮您洗碗的。它每次开屏就是为了展示那漂亮的羽毛啊……也许您可以带上珍珠鸡？那就无所谓了，反正它的羽毛也是灰色的，比较实用……"

当哈波儿女士终于告辞的时候，狮子大王再也按捺不住了，整个身体瘫软到两爪间抱怨道："我的妈呀！这比两个电话合起来还要恐怖，这都可以赶上下蛋的母鸡了……"

哈波儿女士一听马上又折了回来。"对呀,"她叫道,"下蛋!假如珍珠鸡在我们家服务期间下了蛋怎么办呢?那蛋理所当然是属于我的吧!"

"我可不这么认为。"狮子王后回答道。最后,当哈波儿女士终于离开的时候,大家才松了口气。

"现在把胖胖的男人带进来吧。"狮子大王下了命令,于是羚羊又蹦出去了。

进来的男人长得真的很胖,尽管这样,但他还是完美地在狮子大王面前鞠了躬,扯开嗓门儿喊道:"大食王!"

"岂有此理,"狮子大王一听立刻暴跳如雷,"我可不是随便让你这样侮辱的!狮子本来食量就大!"

胖男人惊奇地看着狮子大王,连忙又鞠了一次躬。"请原谅,一场误会啊!我的名字叫'大食王',是从大食王家族企业来的,主要经营眼镜和望远镜等光学用品。这是我的名片,请笑纳……"说着他递给了狮子大王一张名片,"我们的公司是一家技术一流的企业,欢迎有空过来体验一下。大食王眼镜是最棒的眼镜!如果各位动物顾客需要的话……"说着,他又第三次鞠了躬。

"谢谢,"狮子大王简短地说,"几乎没有动物的眼睛是近视的。您需要什么呢,大食王先生?"

"我有一个创意,"这位公司的领导说着朝前走了一步,"一个绝妙无比的创意!这是一个只有生意人才想得

Der Tiergarten Reisst Aus

出来的创意!现在竞争实在太激烈了,我们必须紧跟时代的步伐呀。"

狮子大王很快就不耐烦地打起了哈欠,连爪子都懒得抬起来遮掩一下。所以当大食王先生靠近狮子大王时,他完全看到了它的喉咙,立刻被吓得往后退了一大步。

"您现在想把您的想法告诉我了吗?大食王先生,我的时间可不多呀……"

"当然!时间就是金钱啊,没有谁能比做生意的人更明白这个道理了……"胖子说道。

"说想法!"狮子大王怒吼道。

"是关于眼镜蛇的,"大食王先生一本正经地说,"我想让它在我的橱窗里当模特,旁边注上以下广告语——戴了大食王眼镜,眼镜蛇美丽再现!"

"瞎扯!"这会儿从办公室的角落里发出了嘶嘶的声音,"讲得好像我的眼睛有什么问题似的,我的视力好得很呢!这眼镜只是无意间出现在我脖子上的图案罢了。"说话的正是眼镜蛇家族里的可宝拉,它和表姐响尾蛇已经蜷缩成一团待在角落里很久了。"愚蠢的大食王先生,我才不需要您那幼稚的眼镜呢!"它生气地发出嘶嘶的响声,"而且我还要让您知道,我不仅没有近视,牙齿还是有毒的啊。"

可宝拉说着突然蹦了起来冲着大食王吐起了舌头。响尾蛇也跟着过来凑热闹,它发出的嘶嘶声就更大了,加上尾巴上的响铃只要碰撞一下就会发出丁零零的声音。

"安静,你们这群胡闹的蛇!"狮子大王生气地吼道,接着镇静地转过身来对已经被吓坏了的大食王先生说,"您不要紧张,大食王先生,这两位蛇小姐已经很长时间没有毒牙了。可宝拉,你跟他走,不要那么多废话,给我好好儿地待在橱窗里,知道吗?"

可宝拉很不情愿地从蜷缩的角落里爬了出来。

"那好吧,"它伸出那分叉的舌头发着嘶嘶的声音,"狮子大王,这可都是为了给你面子啊。要是每天得不到一只新鲜的老鼠作为报酬的话,我就逃回来!"

"我现在就出逃,"响尾蛇迅速地滑向了窗户,"要不到时候又来一个什么生产宝宝摇铃的砰砰嚓嚓先生就要把我给带走了!"

"为什么不呢?"臭鼬又从纸篓里探出脑袋来,咯咯地笑着,"响尾蛇铃叮叮当当,宝宝摇铃砰砰嚓嚓!"可是响尾蛇已经迅速地从敞开的窗户溜走了,消失得无影无踪。大食王先生带上盘成一团的眼镜蛇也起身告辞了,他几乎是在不停地鞠躬中走出了门。

最后一位来访者是一位农夫,因为家里的马摔伤了

Der Tiergarten Reisst Aus

腿,他需要一头可以帮忙驮干粮的牲畜,具体是什么动物就无所谓了。于是,狮子大王向他推荐了骆驼,并告诉他,虽然骆驼行动有点儿慢,但是很耐劳,对食物也没有很高的要求,很好养活。比如说,它可以几天都不喝一口水,如果需要的话它自己会去找水源……

农夫对此感到很满意,另外还问是不是可以带上几条蛇去帮他抓老鼠,因为他的院子里到处都是猖狂的老鼠和田鼠,连猫都不敢靠近了。

"说到抓老鼠,我可以向您推荐狐狸。"狮子王后建议道。

但是农夫对狐狸一点儿兴趣都没有。"家里养着鹅呢,"他说道,"假如我把狐狸带回去的话,那只狐狸也许会动了歪心眼儿,呼地一下把鹅都偷走,谁知道它还会不会回来呢!"

大家都会意地抿着嘴笑了。他说的并不是没有道理啊,狐狸的确是信不过的。

这时,门外传来一阵急促的敲门声,只见心情很好的大象慢腾腾地走了进来。

"朋友们,大家好!"它挥动着鼻子向大家打着招呼,高兴地吹着喇叭说,"我只是半路顺便来通知你们——我换工作了。"

"怎么了?"狮子王后问,翻阅起了登记的本子,"你被交通部门录用了呀。难道你被炒鱿鱼了?"

"当然不会。"大象说道,"相反,他们对我非常满意,还说我的表现好到可以去指挥钢琴演奏了呢!"

"你又不是音乐家!"臭鼬这时大声地喊道。

"但是现在我有一个更好的职位了。"它说着走到了前面来,用鼻子轻轻地捅了捅纸篓,把臭鼬吓得躲到了底下,"我现在在一家汽车修理厂工作。"

"啊?是吗!你究竟是从什么时候开始懂机械方面的知识了呀?"涅斯托惊讶地问。

"最近,就在今天,我们从交通部出来的时候,车子在行驶过程中噗的一声前轮爆胎了。司机不停地在埋怨,急得满头是汗,尝试着一切的方法想把装满货物的车子高举起来好更换车轮。'别动,孩子。'我说着用鼻子卷住了车子,把它举得高高的,轻松得像卷起一片羽毛。这时候一家汽车修理公司的老板从旁边经过看到了这一切,对我说:'大象,你在交通部门的工资是多少?在我这儿,你可以得到双倍的酬劳。'"

"你就这样辞职了?"

"当然!就这样我接任了新的职位。真的,我不骗你们,我真的很适合在修理厂工作!当我用鼻子把前轮、后轮、发动机和所有的东西都举起来或是往后一躺把整个车子翻转过来的时候,你们应该看看,技术员有多快就

Der Tiergarten Reisst Aus

检查出了车子的毛病并把它修理好。偶尔不开工的时候,我还会用我的鼻子往车上洒水,把车子洗得干干净净的。"

"太棒啦!"狮子大王喊道,"你做得很好呀!不过,我们今天就到此为止吧。我现在想到花园里去走走了。"

说着它站了起来。可就在这时,羚羊又蹦了进来,然后很不好意思地缩回到了门的后面。"狮子大王,"它小声地说,"又有人来了,我不知道该不该把他领进来。他身上的味道很不令人喜欢啊。"

"那就先让他进来吧。"狮子大王刚说完,羚羊就领进来了一个人,所有的动物都不约而同地捂住了鼻子,因为他身上的味道真的很难闻。

"你需要什么呢?"狮子大王问道。

那个人非常有礼貌地说:"如果您允许的话,我想和这位先生说几句话。"他指着涅斯托,说:"我非常需要一到两只猴子跟着我。"

"有什么目的吗?"狮子大王问道。

"当我的学徒。我会教它们几招,让它们在我工作的时候帮助我。"

"您是从事什么工作的呢?"

那个人狡猾地盯着狮子大王说:"能允许我事先提个问题吗?"

国际大奖小说

"请问吧。"

"您喜欢人类吗?"

"不是很喜欢,"狮子大王坦白地说,"当然这得分情况——"

"这样啊,"那个人轻松地说,"我也不喜欢人类,他们是我的敌人,他们甚至逮捕了我好多次。您——我尊敬的朋友,一定非常清楚这是多么令人郁闷的事情吧。"

"可是他们为什么要抓您呢?"狮子大王问道,"您看起来并没有什么特殊的地方,比如说像我们的地方呀!"

"是因为我的职业呀。"那个家伙说道。

现在一切都明白了:他是小偷!而他想雇用猴子无非就是想让它们爬过窗户攀到钱柜那里去帮他把能抓到的东西都偷出来。

"滚出去!"狮子大王生气地吼道。说时迟,那时快,大象早就用鼻子一把揪住了那家伙的脖子把他扔到了门槛上了。

"你以后都别想靠近这里半步,小偷!"大象冲着那个家伙吼道。

"我简直要被这家伙熏死了。"羚羊尖声地说着,并捂住了自己的小鼻子。

狮子大王已经走出门外了。"人们要是报警就好了,"它气喘吁吁地吐出这么一句话,"人们要是……"

动物大逃亡 98

Der Tiergarten Reisst Aus

"不要再讲了,亲爱的。"狮子王后抚摸着它让它平静下来,并偎依在它的身旁。它为自己的丈夫感到自豪,丈夫虽然脾气是有点儿暴躁,却是值得信赖的。"来吧,"它温柔地说,"让我们去呼吸一下新鲜空气吧。今晚的夜色真好啊,是时候去和莲妮娜说晚安了,它在等着我们的晚安之吻呢……"

它们绕过花园的小道,在途中碰到了贝拉,它刚刚才把孩子们都哄睡着了。莲妮娜和彼博睡在了一起,它们紧紧地拥抱着,躺在一簇茂盛的灌木丛中,睡得那么的安详。

"我一直都在担心莲妮娜会把它撕个粉碎。"贝拉说道,忧虑地看着自己的孩子,只见彼博正躺在莲妮娜那结实的金色爪子之间。

两只年幼的小狐狸正在旁边相互扭打着争取最好的睡觉位置,一只澳洲白鹦鹉正在树上睡眼惺忪地呱呱叫着。

夜幕降临了。狮子大王舒适地躺到了草地里伸展开四肢,妻子在它旁边撒着娇,并用尾巴驱逐着蚊子。池塘边上站着昏昏欲睡的灰鹤;一阵轻轻的噼噼啪啪的戏水声从水里发出来,河马妈妈正带着孩子们在游泳呢,这是它们每天晚上都要做的放松练习。河马妈妈提醒着孩子们动作要轻点儿,不要再因为受惊吓而呛到自己了。

狮子大王疲倦地慢慢闭上眼睛,可是身后传来的一阵轻轻的嘀咕声又把它吵醒了。

"究竟是什么在响?"它不高兴地问。

"没什么,亲爱的。"狮子王后温柔地回答,"是狐狸们在说晚安呢,现在是该睡觉的时候了。"

Der Tiergarten Reisst Aus

第七章

问题出现了

露朵慢慢地穿过沉睡中的公园,皎洁的月光洒在了树和草地上,岸边上的芦苇丛中隐隐约约可以看见鹈鹕和红鹤偎依在一起聊着天。

"真幸福啊,"红鹤说,"我们终于有机会不再通过笼子看世界了!生活是多么的美好啊!"

黑豹静悄悄地从灌木丛的树荫下经过,它高兴地呼喊了一句:"太美妙啦!"然后便跳到了一棵树上,抓住了一根树枝向上爬,最后消失在了郁郁葱葱的树林中,只留下还在微微颤抖着的树叶在月光下泛着银光。

"真是太好啦!"刚刚在公园里和妈妈一起做完蹦跳练习的羚羊宝宝说着又高兴地跳了起来,露朵以前在动物园时从来就没有看见过文静的它跳得这么开心过。

紧接着四周都安静了。露朵坐到了岸边,看着黑暗的湖面上星星正在一闪一闪地眨着眼睛。

汉斯不知道从什么时候开始已经站到她的身旁了,

就连露朵自己都不知道他是从哪儿冒出来的。

"走吧。"他说着牵起了她的手。

他们一路上走着,看见到处都是陌生的面孔,大家都在交头接耳地议论着什么。

终于,他们回到了家。

"快收拾行李吧,露朵,"汉斯说,"打包所有的东西,我们必须离开这里了。"

"离开我们的家吗?为什么?"

"因为已经没有动物园了,爸爸也不再是动物管理员了。他下岗了。"

"那我们要去哪里呢?"

"谁知道呢。最好走得远远的,到一个谁也不认识我们的地方,在那里就不再有人在我们背后指指点点地说着:'他们就是动物管理员胡姆莱家的孩子,大家都知道了吧,就是那个让动物们都逃跑了的管理员。'"

露朵点着头,把洋娃娃们都打包了。

"我们难道就不去和它们说声再见吗?"她问道。

"当然会去。我们待会儿就去见一下狮子大王,并和它握手道别……"

说完,汉斯牵起了露朵的手沿着长长的小路往回走。他们经过了空荡荡的动物园,并在静悄悄的笼子前停了下来。

Der Tiergarten Reisst Aus

"知道吗,露朵,当时狼妈妈就是在这里生下了那对龙凤胎的……"

"哦,对啊,"露朵失落地说,"大大和小小,当时它就是这样给它们取名字的。大大长得高大一些,而且很调皮;小小就乖多了,可温驯了。你知道吗,小小真的很听话,全身都毛茸茸的,抱起来就像是抱着一团云彩。"说完,她把脑袋靠在栅栏上伤心地哭了起来。

"不要哭了,露朵,"汉斯学着大人的口吻说,"现在要去动物劳动局和大家说再见了,可不能让它们觉察到我们有多么的依依不舍呀……觉察到我们是多么的不高兴……"可是这"大人的口吻"也不管用,他说着说着声音也在颤抖了。

"不要再哭了!"突然,他又大声地对妹妹说。

"我根本就没有哭呀,"露朵撒着谎,用力地吸了口气,硬是把眼泪和鼻涕止住了,"这里还有狼的味道呢,你感觉到了吗,哥哥?"她不禁又激动地抽泣起来,把鼻子凑到了笼子的栅栏之间。

"是呀,狼……"汉斯想了想,接着问道,"它现在过得怎么样了?"

"好着呢。它现在是大明星了,正在排练《小红帽》呢。"

"当演员了?还有这种好事呀!那它肯定很高兴了

……"可是汉斯没有说对,狼这时候可是一点儿也不高兴啊。

就在汉斯和露朵刚踏进劳动局的时候,他们看见了狼正竖着尾巴站在狮子大王面前接受着一场可怕的审讯。原来一小时前电话铃就像暴风雨来袭一样响个不停,是卡塔丽娜学校的校长打过来的,他用无比愤怒的语气告诉狮子大王:狼的行为太不检点了,所以他们今后不再让它参加演出了。狮子大王很惊愕地问到底发生了什么事,校长只是严肃地扔下了一句话:"让它自己跟您说吧!"说完就把电话挂了。不一会儿,狼就回来了,拖着慢悠悠的步子。大家心里早就料到它的心情好不到哪儿去,于是都瞅着它。只见它一句话也不说,慢慢走到一边去,用尾巴拍打着公园里的灌木丛。

"过来,哥们儿!"狮子大王喊道,"赶紧老实交代你都干了些什么坏事!"

"完全没有,"狼嘀咕着,"要是它能再好吃一点点的话……"

"什么?!"狮子王后吃惊地发起火来了,"好吃?你该不会是……"说着它不敢相信地攥紧了拳头。

"现在安静,"狮子大王说道,"你们女人老是动不动就大惊小怪的。"它说着走到了狼的跟前问道:"你吃了别人的东西了?"

Der Tiergarten Reisst Aus

"嗯,我把小红帽的蛋糕吃了,他们老拿它在我的眼前晃,刚好我又饿了。但是我想那也许是给狗吃的,上面净是些葡萄干,嗯……真难吃,根本就不是给狼吃的!"狼说。

"你还真好意思说这种话!"狮子大王说道,"简直就是一个馋鬼!我还真没想到你居然这样!现在人们肯定都在说我们的坏话了,说我们把他们蛋糕上的葡萄干都吃了,你说这对我们的声誉造成多大的损害啊!你现在马上到蛋糕房去买一个新的蛋糕。"狮子大王说着打开了桌子的抽屉,从里面拿出钱来:"给你钱!然后带着蛋糕去卡塔丽娜学校一趟,去给人家赔礼道歉!"

"不——"狼埋怨道,"我不去!"

"噢,我们可爱的狼不要这么任性好不好。"狮子王后轻声地对它说道,"就当是我请你去做的好吗?如果你不想一个人去的话,我可以让袋鼠跟你一块儿去,它买东西最在行了。"

但是袋鼠摇晃着脑袋说:"我已经受够去买东西的苦了!你们都不知道,哈波儿女士把所有的东西都搁到我的口袋里了!几十斤重的蔬菜、从图书馆借来的书和奶瓶!她甚至还带我去手工坊买针,我跟你们说啊,当时给我的感觉就像是在口袋里装上了仙人掌!不去!近期之内我都不会去买东西了!"

"而且我也不会再回到学校去演戏了,我是一只有野性的狼,又不是什么童话狼!"狼说道。

"你就得去!"狮子大王说道。

"我不去!不管你怎么说,我都不会再去了!"狼生气地说,黄色的眼睛闪烁着,浓密的尾巴开始慢慢地来回甩着,舌头也从半开着的嘴巴的一边探了出来,可以看到它那锋利的门牙在闪耀着。

"你就用这种态度跟我说话吗?!"狮子大王气坏了,说着蜷缩起身子就要越过桌子扑到狼的身上去。"不要总是那么冲动嘛!"这时,狮子王后温柔地按住了它的肩膀,"事情其实很简单。狼既然不想工作了,那就得不到吃的,也不可以和我们住一起了。"

"我才不稀罕呢,"狼恼怒地说,"我不会依赖你们的!在城里我还有亲戚呢!再见!"说完它转身就跑出了门。

整个办公室很长一段时间都陷入了沉默。这时,浣熊敲门进来了。它一副筋疲力尽的模样,大口地喘着气在书桌前躺了下来,脑袋耷拉着埋在了蓬乱的爪子之间。

"我再也不干了,"它呻吟道,"这完全是在超量工作啊。我真不该取名叫浣熊!"它呜呜地哭着,把自己的爪子举得高高地向在座的人展示着,脸上全是痛苦的表情。"你们看看,我的手完全被浓肥皂水泡软了!一整天

Der Tiergarten Reisst Aus

都被关在热气腾腾的洗衣间里不停地搓洗着一堆堆脏衣服,我简直再也受不了那令人窒息的水蒸气了!人们真是笨死了,根本就没有弄清我名字的来源嘛……"

"那你的名字是怎么来的呀?"袋鼠问道,很显然它也不知道。

"我在河岸边挖到食物后,也就是那些小昆虫和毛毛虫之类的,就会用手捧着它们到河里去冲洗干净。因为我不喜欢岸边的泥沙,它老是弄得我肠胃不舒服,而且令人讨厌的是沙子还会塞在牙缝间嚓嚓作响。"浣熊尴尬地指了指自己的嘴巴解释道,然后便坐到地上舔起了隐隐作痛的爪子。

这时,窗户上突然传来丁零零的响声。响尾蛇嘶嘶地爬了进来报告:"表妹回来了。"刚说完,眼镜店老板大食王先生就迈着强有力的步伐走进了办公室,肩上还背着鼓鼓的旅行包,不过背包里面看起来像发生了晕船事件一样,一直不停地向下翻腾着在他背上四处乱蹬,就像暴风雨中行驶的船只。

胖乎乎的眼镜店老板擦了擦额头上的汗,生气地把背包摔到了地上,但并不急于把这乱动的动物放出来,反而让自己的怒火先发泄出来了:"这个可宝拉——这条蛇,简直就是个可恶的忘恩负义的家伙!我本来想让它高兴一下,于是周日就把它从橱窗里放了出来,并带

国际大奖小说

它去游览了一下整个城市,还回到了我家郊外的小菜园里,甚至特别关照地把它放到了草地里。但是这条不领情的蛇都干了些什么呀,简直是岂有此理!太恶心了,太令人反感了!"

"那它到底干了些什么呀?"狮子大王等得不耐烦了。

"它逃跑了!先生,您看看,连声招呼都不打就这么走了!这是一位有素质有教养的员工吗?为了找它,我整个周日都得挨家挨户地敲开邻居们的门问道:'对不起,不知道我家的眼镜蛇会不会跑到您这里来了?'您可以想象一下,那些邻居都是用什么样的眼神看我!"

他终于把旅行袋打开了,随着嘶嘶的声响,可宝拉被抖搂出来。

"他撒谎,"它喊道,"我才不是不辞而别,是他们侮辱了我。我以蛇的尊严发誓,他们糟蹋了我!"

"谁糟蹋你了?是大食王先生吗?"狮子大王问道。

"不是,是他老婆!她想把我当洒水的软管用!你们想象一下,她居然把我塞到水龙头里面……"

狮子王后立刻站在了蛇这边。"大食王先生,这未免太过分了,"它气呼呼地说,"你怎么能允许这种事情发生呢?"

眼镜店老板尴尬地耸了耸肩:"我完全不知情。它蜷缩成一团躺在草地上,我妻子误以为是橡皮水管,想拿

动物大逃亡 108

Der Tiergarten Reisst Aus

它来给玫瑰花浇水——这是个小误会——我妻子本来就是近视眼……"

"那她怎么就没戴你们公司的眼镜呢?"狮子王后严肃地说道,"我必须告诉您,尊敬的先生……"

大食王先生还没来得及听狮子王后说完,这时候,从敞开着的窗户那边又传来了扑哧扑哧的翅膀拍打的声音,大家都感到非常惊奇,居然是苍鹭回来了,还坐到了办公桌的中央。

"嘿,"狮子大王惊讶地说,"你怎么回来了?你们不是应该还在渔夫那待一个星期吗?不会是被人遣送回来的吧?"

苍鹭激动地拍打了一下翅膀,然后用嘴巴把翅膀上的杂毛捋顺了。"没有。"它骄傲地说,"我们是自己回来的,渔夫对我们太糟糕了,老是埋怨我们工作不够快。特别是对企鹅,他总是找茬儿。你们也是知道的,企鹅天生就是比别人动作要慢一点儿。但是,每次当它嘴里叼着鱼上岸,蹒跚地走向渔筐时,渔场主就开始破口大骂:'快点儿,快点儿,你这懒鬼就不能快一点儿吗?'可怜的企鹅已经筋疲力尽了,最后干脆就待在水里不出来了。"

"那其他动物呢?比如说鹈鹕?"狮子大王问道。

"他们吵了一架,渔场主从一开始就故意针对鹈鹕。他冲着鹈鹕大声地吼叫:'你都在脖子里藏了什么?给我把嘴张开……'鹈鹕很有礼貌地回答道:'很抱歉,老板,那是我的鱼囊。'可是那个人大声喊道:'你在欺骗我!我都看见你吞了一半进肚子里了……'你们说鹈鹕能不生气吗!于是,它大声地说道:'现在到底是谁在欺诈谁?!是您在欺诈我们呀!您给我们吃已经坏掉了一半的鱼,却让我们一整天在水里钻进钻出地把最美味的食物贡献给您!'可是那个人还在大喊着:'闭上你那张臭嘴,你简直就是鹈鹕家族的败类!'鹈鹕张开了翅膀从他头上

Der Tiergarten Reisst Aus

飞过,回头对他大声地骂道:'什么,我是败类?!有谁不知道,我为了让孩子们可以躺得舒适,宁愿把自己胸前的羽毛都撕扯下来做窝。而您居然敢说我是败类?!您才是真正的废物呢!'"

说完,苍鹭喘了一大口气后把头深深地埋进了脖子底下的羽毛中。

"然后呢?"狮子大王问道。

"然后——既然架已经吵完了,那我们就都回来了。鹈鹕是第一个,它扑哧扑哧地摇晃到渔场主面前,用它那游泳的脚掌啪的一声朝他脸上打了一巴掌。当那人恼怒地大吼时,它马上又朝他另一边脸打了一巴掌。这会儿企鹅和我也加入了进来——也该让他知道,可别小瞧了我们的嘴巴!"苍鹭说着自豪地用那尖尖的嘴巴敲打着书桌,硬是把躺在桌子底下的浣熊吵醒了。浣熊还以为是敲门声呢,生气地喊着:"请进!"

"现在你知道了吧,狮子大王,"苍鹭坚定地说,"我们是无论如何都不会再回那个渔场去了!不能让这些人永无节制地榨取我们呀!"

接着回来的是那些被解雇并被驱逐回来的猴子们,它们把热带水果商店"里欧"的橱窗弄得一塌糊涂。开始的时候还是挺好的。然后,先是布鲁图悄悄地偷吃了一根香蕉,然后是一些挂在纸制树冠上的椰枣也不见了。

彼博又想到了一个主意,它居然把凤梨当足球踢,一下子一块巨大的橱窗玻璃就碎成片了,整个场面变得一片混乱:满地的玻璃碎片和热带水果,猴子和鹦鹉到处乱窜。于是,怒火冲天的商店老板马上把它们遣送了回来,同时还告诉狮子大王:劳动局必须为它们损坏的橱窗承担责任。

"天哪!"狮子大王痛苦地喊道,"这样一来,人类得有多担忧呀!"但是门外吵吵嚷嚷的叫喊声把这叹息声给淹没了。各种各样的狗组成的代表团走了进来:有来自德国的长着弓形腿的猎獾犬,有鼻子小而微翘的哈巴狗,还有来自英国的猎狐犬和毛茸茸的马耳他小狗,可奇怪的是在队列里面却没有一只牧羊犬。

"你好,狮子大王。"一只年长的德国小猛犬朝着狮子大王大声地吠道,嘴里的牙齿闪着银光。

"你好。"狮子大王用低沉的声音回答,低下头鄙视地看了一眼这群狗。

这时,袋鼠用尾巴推了推那只小猛犬,然后惊讶地大声叫了起来:"这不就是马克斯吗——哈波儿女士家的哈巴狗呀——喂,你怎么会在这里?你应该很清楚,可别想再躺到我的口袋里去了啊!"

小猛犬用责备的眼神扫了一眼全体动物,眼神里流露出一种因为年纪大了而反应迟钝的淡青色光芒。

Der Tiergarten Reisst Aus

"我在这里代表整个城市有教养的狗同胞们发言。"它开始说话了。

"快听听,它说要代表有教养的狗呢……"臭鼬嘲笑道。

"请不要打断我!"它喘着气,因为生气而浑身发抖。它真的很胖,这完全能够表明它过的是怎样一种被娇宠着的生活,也许每天只不过是从装着软垫的睡篮里挪到装满食物的食盆去罢了。很明显来劳动局这一路可把它累得够呛了,整个身子喘息得就像是一辆老摩托车。动物们都不加掩饰地对它表示了反感。

"四条腿的沙发垫,你用不着激动呀。"豹从鼻孔里冒出这么一句话来。

"别啰唆了!"狮子大王命令道,"你们到底想怎样?"

"你们唆使狼去袭击我们,"马克斯喊道,"它跑到了牧羊犬和狼狗那儿去搭讪,并说自己是它们的亲戚……"

"当然,"狮子王后说道,"它们本来就是亲戚啊!请你记住,牧羊犬和被驯服的狼其实没什么两样!"

"在我们上流社会里,人们可不这么认为。"小猛犬说着狂妄地高翘起了尾巴,"牧羊犬就应该为它出生低贱而感到羞愧,现在反而被狼教唆坏了,都吵着要求自由、森林和草原,谁知道还有其他什么无理的要求呢!这也难怪,牧羊犬本来就很古怪,像狼一样把尾巴夹在两腿之间,保留着像狼一样的嘴巴,叫起来也和狼一样,一点儿礼节都不懂!"

"少在这里讲你那些破礼节,小心我咬你!"黑豹吼叫道,两眼闪烁着危险的警告的光。

"为什么不呢?"小猛犬也因为愤怒而呼吸变得急促起来,"懂礼节是受过教育的表现,你们这些野蛮的家伙肯定连教育是什么都不知道吧!"

一只小狮子狗突然插进来,一双泪汪汪的眼睛几乎整个被额前的刘海儿遮住了:"小猛犬说得对极了!你们就是一群愚蠢和粗鲁的家伙!我们这些受过高等教育的狗一点儿都不想和你们有任何来往!赶紧把那危险的狼叫回去吧,要不然的话,人类就会对我们这些好狗反感了。那样的话,他们就又会在我们的脖子上套上狗套好几个月了,你们以为这很好玩儿吗?"

"当然不,"狮子大王说道,"这一点儿都不好玩儿!快走开吧,你们这一群腆着大肚腩卖乖的家伙!"它扬起了上嘴唇,往前伸展了一下爪子。

狗们都赶紧跑开了,刚好躲到了骆驼像柱子一样长的双腿间。可是骆驼一点儿也没有理会这群狂吠的家伙,而是安静地摇晃着身子继续往前挪动着。

"你怎么了,骆驼?看起来很疲倦呀……"狮子王后问道,"在农夫那工作怎么样?他的收成好吗?"

Der Tiergarten Reisst Aus

"好……好呀。"骆驼说着在狮子大王面前慢慢地跪了下来,然后抬起了弯着的脖子,再缓缓地运动了好一会儿那厚厚的嘴唇,看起来像是在咀嚼着空气。动物们相互间使了个眼神并无声地叹息着,因为大家都知道骆驼现在就要开始它的长篇大论了……

"但愿我那自命不凡的主人不要用厌恶的眼神看我才好,"骆驼一边说着,一边还嚅动着嘴巴,"希望那高高在上的主人原谅我这个地位卑微的仆人吧,原谅它胆敢用自己卑微的头朝着您那闪耀的王冠,那可是闪烁着智慧和仁慈的王冠啊,但愿它的光芒会永远持续下去……"

"天啊,"狮子王后嘟哝道,"亲爱的骆驼,你就讲重点吧。"

"我请求主人能够谅解,"骆驼一点儿不为所动,"您的仆人被侮辱了,人类用脏话侮辱了这位可怜的人,它现在内心充满了仇恨,脆弱的心灵正在滴血呢!"

"那到底是什么样的脏话呢?"狮子大王问道。

"是——"骆驼垂下了眼睑,"是那个词——笨骆驼!"

然后它就长篇地讲述它每天晚上是怎样被农夫关在了牛棚里,而里面的柱子对于高个子骆驼来讲是多么的矮,弄得整个脑袋不得不扎进了贮藏粮草的顶棚里;还讲述着农夫是怎样把新鲜的麦秸没有经过加工就直接塞到了它的嘴里,怎样在大清早就逮到了正在费劲地咀嚼着早饭的骆驼,然后很生气地喊:"你这头笨骆驼!"这个委屈严重说来可是关系到整个高贵的骆驼家族的尊严呀!"人类在地球上顶多也就五十万年的存在历史,而骆驼在原始时期就有了……"

它终于停了下来。大家都以为骆驼的长篇大论已经结束了,而它也要休息了,可是只见它两片厚厚的嘴唇又动了起来,说道:"我尊敬的主人和朋友们!你们就不想为我这个可怜的仆人讨回公道吗?我这个不起眼的小人物在这里斗胆请求主人来维护我们骆驼家族的尊严,开始和人类进行斗争吧……"

"你真是疯了,骆驼!"狮子王后生气地打断它,"骨子里的狂妄自大居然让你在这里大吵大闹起来!"

"就是呀,"大象说道,"就因为被人们称为了'笨骆驼'!不要这么敏感好不好,他们还不是整天喊我'慢腾腾的家伙',这对我来说无所谓……"

"你本身就是个反应迟钝的家伙,"骆驼说道,"再说了,大象你就好好儿地待着吧,少管别人的事情,先管好你自己吧。到处都在对你在公园里做的好事议论纷纷呢。"

"是呀,"狮子大王也想起来了,"我也听说了,还是从消防局听来的!消防车在公园里呼啸着就为了把一个

Der Tiergarten Reisst Aus

男孩从树上救下来,而那个男孩居然是你给放上去的。这到底是怎么回事呀,大象?"

"啊——"这时大家看到了笨重的大象尴尬地把站立的重心从一只脚换到了另一只脚上,"事情是这样的:那天下班回家的路上,我刚好经过儿童游乐场,你们也知道,我一向偏爱小孩子。于是,我站住了并且问他们:'谁想荡秋千?'然后把鼻子向他们伸过去。你们都没有看到当时孩子们是多么的高兴呀!他们都在高兴地欢呼着:'高点儿,再高点儿!'和'快点儿,再快点儿!'这时候有一个小男孩老往前挤,还朝着前面的人喊着:'该我了!该我了!'把其他小孩儿都推到了一边去。'不要这样。'我跟他说,但他不听,反而故意把一个小女孩推到了后面,弄得她栽倒在地上。我觉得很生气,就把那家伙卷了起来,并且毫不犹豫地把他放到了树上。'这下子好了,'我说,'现在你到了想要到的高度了,也不会再打扰到别的小孩儿了!'难道我做得不对吗?"

"你做得对,但是你忘了把他放下来呀!"

"不是忘了,我就是故意让他坐那儿的。他就应该在上面安静地想想自己该不该欺负弱小,而且也应该尝到一个人在一旁看着别人开心地玩儿是什么感觉。"

棕熊走了过来,赞同地拍了拍大象的肩膀说:"干得好啊!有大鼻子真好,起码还可以制止那些不听话的小孩子。我们受那些坏男孩的欺负实在是太多了！他们老是随意地拉扯我们，就好像我们是布做的泰迪熊似的。永远不变的跳舞工作不适合我们，尊敬的狮子大王！毕竟我们是四肢着地的动物，又不是手脚分开的人类。我们从来没有要求过人类手和脚一起走路吧……"

"嗯，这样的话……"狮子大王担忧地说，"我现在听到的都是埋怨和申诉。在我看来，你们对人类都很不满意，是这样吗？"

"不满意！"动物们异口同声地说。

"人类对你们也不满意，"狮子大王走上前来，"那我们接下来该干什么呢？我们应该靠什么生存下去呢？"

"我们还可以到马戏团去。"涅斯托忽然想起来了，一位马戏团团长提出让它们全部都到他那里去工作。猴子可以扮演小丑，穿着花花绿绿的衣裳，头上戴着大礼帽，另外它们还可以学习一些杂技的技巧。好奇的动物们都在认真地听着。

"哦，很好啊！"猴子们高兴地欢呼着翻起了筋斗，"这就是我们想做的！狮子大王，求求你了，就让我们去马戏团吧！"

"总得有人给马戏动作配乐呀。"其中一只猴子说道。

"马戏团团长想组织一个合唱团，"涅斯托说道，"鸟儿们都已经把一些进行曲和交响乐唱熟了……"

Der Tiergarten Reisst Aus

"好啊!"猴子们喊道。

灰鹤慢悠悠地睁开了左眼。虽然它平时很少说话,但一旦发言了,大家都会非常尊重它。它说:"没问题!我们会为那位先生重新组建一个乐队的!"

"那我究竟应该在马戏团里做什么呢?"大象问。

"溜旱冰。"涅斯托说。

"溜什么?"大象惊讶地把自己的大鼻子卷成一个大大的问号,"真的有大象溜旱冰吗?那根本是不可能的事呀!"

"真的有!"涅斯托说,"我在照片上就看见过,照片上三头大象一个挨一个地穿着旱冰鞋在散步呢!"

"那我呢?"老虎举手问道,"我应该在马戏团担任什么职位?"

"钻火圈和在圆形竞技场上滚铁球。"

"钻火圈?"老虎生气地怒吼道,"还滚铁球?绝对不可能!我宁愿回到动物园也不要去受这种侮辱!"

"对呀对呀,"其他动物都激动地喊道,"宁愿回到动物园里去!"

狮子大王站了起来,眼睛里闪烁着王者的风范,严肃地注视着大家:"你们是说真的吗?都想回到笼子里面去?"

"不想,"长颈鹿悲叹道,"但是没有更好的地方可以待了呀……"

这时候门外响起了有礼貌的敲门声。

"究竟是谁呀?"狮子大王烦躁地喊道,这可是个不容打扰的时刻啊。

羚羊把门打开了,一位老爷爷走了进来。他满脸的皱纹,背有点儿驼,但是眼睛还很有神,闪烁着和蔼的光芒。

"我是乡村小学的爱心先生,"他说着把手放在了羚羊的头顶上,"四十年前在村里当老师,但是年纪渐渐大了,现在再也不能长时间站在讲台上了。这些年来,我都完全不闻世事地待在小茅屋里安静地生活着,偶尔有学生过来拜访一下就成了一件令我无比高兴的事了。"

他微笑地点着头,抚摩着羚羊,并用友善的眼睛看着其他动物。狮子大王也友好地打量着他,尽管还没有弄明白他为什么要讲这些。

"现在,"老爷爷说道,"你们一定想知道为什么我会来这里吧?是这样的:每年我都会带着毕业班的孩子们进城来,把这些年来所学到的知识到实践中体会一下。我们会去参观宫殿、教堂和博物馆,但是最棒的,也就是我们所说的重头节目,就是去参观动物园!你们要知道,我亲爱的朋友们,孩子们已经在课堂上学习七年关于你

Der Tiergarten Reisst Aus

们的知识了。我们在生物课上用大写字母'H'来代表'猴子'。可是每当我问：'孩子们，这是什么呢？'大部分学生都不知道。你让乡村里的孩子从哪里认识猴子呢？接着我就会给他们解释，并告诉他们：'当你们再大一点儿，我们就进城去。我会带你们去动物园，然后告诉你们哪个是猴子，哪个是老虎……'一位小女孩举手问道：'请问老师，也可以看到狮子吗？''当然可以看到狮子。'我回答道。然后她就天天盼着，等待着能有一天进城去参观动物园……"

所有的动物都沉默了，被深深地感动着，大象因为激动清了清嗓子。

"老师，你们那儿的孩子们都学习生物吗？"浣熊突然问道。

"当然，每周两小时的学习。"

"那他们知道为什么我叫浣熊吗？"

"当然知道——那是因为你从岸边挖到食物后会用手捧到河里去冲洗，否则的话沙子就会塞到你的牙缝里……"

"太对了！"浣熊欣喜若狂地大叫着，抱住了老爷爷，高兴得差点儿要晕过去了。

"可是现在，"老爷爷继续说道，"动物园都空了，我的学生们都感到很失望，心里很难过。所以我就是为了

Der Tiergarten Reisst Aus

这个来找你们的。至于你们是出于什么原因离开动物园的我根本不想过问……但是你们能不能满足一下孩子们的心愿,就回去一个下午,让他们看看你们吗?他们已经是毕业班了,就要完成学业踏入社会了,却连真正的狮子长什么样还不知道呢!"

动物们还在沉默着,这时候露朵和汉斯从角落里走了出来,他们已经听到了谈话的整个过程。

汉斯大声地说:"你们看看,我们人类是多么的需要你们呀!"

狮子大王果断地拉开抽屉从里面拿出了那本书,说:"我们随时都准备回去,只要你们能把动物园建成像这本书里面的一样!"

它把书放在了跟前,把所有的动物召唤过来,涅斯托用灵敏的爪子一页接一页地把书中的照片展示给大家看,动物们都吃惊地睁大了眼睛。

"拆掉栅栏!"狮子大王喊道,"不要把我们关在狭窄的笼子里,要给我们足够的空间去奔跑和攀爬!"

露朵马上双手抱住它的脖子大声地喊道:"你说得对!"汉斯也从另一面抱住了狮子大王。这时候彼得出现了,对大家说:"我们现在马上去找爸爸,让他一定向我们许诺给你们一个像书里那么美好的动物园,然后你们就回到胡姆莱管理员那里去!"

"没问题!"狮子大王说道,"那样的话我就是真正的狮子了,可以吼叫到整个沙漠都在颤抖了……"

它抬起了头,用尽全力在吼叫着:嗷——嗷——嗷——

Der Tiergarten Reisst Aus

第八章

梦 醒 时 分

这么一吼,露朵从床上惊醒了。汉斯站在她的身边:"这只是狮子在叫,小露朵,今天月圆,所以它叫得比较响亮。"

露朵高兴地在床上伸展开全身,问道:"它们都在吗,哥哥?"

"谁?"

"我们的动物呀?"

"当然——要不它们能上哪儿去?"

"我刚刚做了一个梦,一个很长很长激动人心的梦,明天早上再告诉你。但是听完了,你必须答应我一件事,哥哥……"

"什么事情?"

"我们一起去找市长,把那本书带过去给他看,然后请求他给我们的动物建一个像书里面一样漂亮的动物园。哎呀,那本书——"露朵突然从床上坐了起来,惊慌地看着哥哥。

"那本书怎么了?"汉斯问道。

"它在猴笼前的长板凳上……"

"什么?我看你还在做梦吧!"

"没有。我梦见的是另外一件事:彼博拿着那本书爬到了狮子的笼子里了……但我真的在睡觉前把书落在长板凳上了,不是在做梦!"

"那我们明天大清早必须把它拿回来!"汉斯严肃地说。

"嗯,然后我们就拿着它去找市长……"

"这样行吗?"汉斯怀疑地说,"你认为市长会让我们进去吗?"

"肯定会的。我们这么爱着家里的动物,如果我们都不能去为它们请愿的话,那还有谁会去做呢?"

"嗯,这话没错。"汉斯说道。

"那我们明天就出发吧,可是说定了啊?"

"好,我答应你。"

汉斯放开露朵的手也钻回到自己的被窝里,躺下很长时间都没有入睡,还在想着要怎样跟市长讲述所有的一切。露朵这时却早已再次熟睡了,一晚上都没有再做梦。

狮子还在外面吼叫着……

规则在此岸
自由在彼岸

付沂清/文学硕士

曾经,一个夏日的午后,我和小伙伴们去动物园玩。那时的动物园就像这本书的开头一样,还修建在城市里。只要我们行走几站路,买一张十元以下的门票,就可以尽情观看各种飞禽猛兽。

这天下午,我们看到熟悉的动物园里新来了一头狼。我从来没见过铁栏后的其他动物像它那样咆哮,即使那些号称猛兽的大家伙——熊、豹子、老虎,无论什么时候去,它们都懒洋洋的,几乎很少动也很少叫。我们看到这些猛兽时也远没有像我们祖先那样充满敬意和惧怕,在我们眼里,它们只是会动的动物标本。

动物大逃亡

但这头狼不同，它在尺许见方的笼中焦躁地走来走去，一直在对天嗥叫。我们嘻嘻哈哈地在笼边学它的叫声，它望向我们的目光幽幽地泛着绿光，也许是骄傲或不屑，也许只是我的想象。

这头狼远离我们的日常经验，我们差点儿都忘记了动物在没来到动物园之前是什么样子，不，不是忘记，是压根儿就不知道。

《动物大逃亡》又让我想起十几年前的这头狼。书中的小主人公露朵和汉斯是动物园管理人的孩子，他们看到动物在笼中被人戏弄、失去尊严，于是希望动物们能够像在野外一样自由。有一天夜里，动物园的小猴子偷出了动物园的钥匙，放出了所有动物。动物们闯进了人们生活的繁华城市，可开心啦。老虎和狼吃上了肉贩新鲜的肋肉排，熊喝了一肚子美味的蜜酒，小猴子们也开心地在市场里随意吃果贩的香蕉。动物们获得了失去已久的自由，可是这种自由却打乱了居民的生活。

警察局局长建议射杀动物，露朵和汉斯急坏了，要去说服市长。还好小孩子总是人类中最有爱心的，市长家也有这么一个小孩子。他们一起说服市长，不要射杀动物，而是由他们去和动物谈判，让动物和人类和谐相处。动物们同意这个提议，然而和谐相处首先就面临规则问题，动物们都习惯了"不劳而获"，过去在野外自己

Der Tiergarten Reisst Aus

捕食，后来在动物园有人喂食，想要自由地融入人类社会，却要学习"工作"。

工作倒是不难，大灰狼去扮演童话剧《小红帽》里的大灰狼，骆驼去搬运货物，猴子用来布置热带雨林主题的商店橱窗，每个动物都有适合自己的工作。可是这毕竟只是人类社会的规则，他们把事情搞得一团糟，而且这自由也并不像它们想象的那样，譬如狮子大王就不能在人类的城市里做自己最喜欢的事——尽情怒吼。不能拥有真正的自由，再加上人类对他们的不尊重，动物们才发现用工作换来的，不一定是他们真心想要的生活，好像还比不上过去待在动物园里的时光。

这时，一个学校的老先生恳请动物们回到动物园，因为他的学生真心地爱着动物们，不能在动物园里见到它们，学生们感到非常难过。只是，这次要建造的将是一个野生动物园，动物们可以在里面体会到真正的属于动物的自由，就连狮子大王也能在里面放声怒吼。动物们非常高兴，这才是属于它们规则下的自由。此时，小露朵从梦中醒来，她决心要在现实中实现这个美梦。

书中露朵的梦，如今已经成真，很多城市都将动物园搬到郊外，并且在其中划出一片可以供动物自由活动的野生区，人们可以乘坐动物园专用车观赏自由状态下的猛兽。十几年前我看过的那头狼，如果它还活着，或许会在这样的动物园里找到属于它的自由。这也是在人类规则下能够给动物的最大的自由。只是,如果可能的话,我真希望动物们从来就没有被关进动物园里,而是在它们自己的美梦中自由地生存在远离人类世界的地方。乐土乐土,爰得我所,在人类足迹踏遍的地球上,哪里才是动物的世外桃源呢?